DAKOTA BLUES

SIMONE AZ

Dakota Blues
Romance

COMPANHIA DAS LETRAS

Copyright © 2025 by Simone AZ

Grafia atualizada segundo o Acordo Ortográfico da Língua Portuguesa de 1990, que entrou em vigor no Brasil em 2009.

Capa e ilustração
Elisa von Randow

Preparação
Ciça Caropreso

Revisão
Carmen T. S. Costa
Camila Saraiva

Os personagens e as situações desta obra são reais apenas no universo da ficção; não se referem a pessoas e fatos concretos, e não emitem opinião sobre eles.

Dados Internacionais de Catalogação na Publicação (CIP)
(Câmara Brasileira do Livro, SP, Brasil)

AZ, Simone
Dakota Blues : Romance / Simone AZ. — 1ª ed. — São Paulo : Companhia das Letras, 2025.

ISBN 978-85-359-4025-1

1. Romance brasileiro I. Título.

24.237220 CDD-B869.3

Índice para catálogo sistemático:
1. Romances : Literatura brasileira B869.3
Cibele Maria Dias – Bibliotecária – CRB-8/9427

Todos os direitos desta edição reservados à
EDITORA SCHWARCZ S.A.
Rua Bandeira Paulista, 702, cj. 32
04532-002 — São Paulo — SP
Telefone: (11) 3707-3500
www.companhiadasletras.com.br
www.blogdacompanhia.com.br
facebook.com/companhiadasletras
instagram.com/companhiadasletras
x.com/cialetras

Para Sergio Lucena

Morte, vá tomar no cu.
Fausto Fawcett

PARTE UM

Antônio pega minhas mortes como inspiração pra escrever seus livros.
Antônio nunca teve assunto próprio.

1. Morte da Paulistinha, a fox

Em dez anos quantas coisas acontecem? Países entram e saem de guerras em nome da fé, do petróleo ou de um pedaço de terra. Florestas de mil anos são arrancadas como se fossem ervas daninhas. Animais são extintos. Novas moedas são criadas e descartadas. Em dez anos estouram os Mamonas Assassinas, despencam os Mamonas Assassinas, acelera o Ayrton Senna do Brasil, espatifa-se o Ayrton Senna do Brasil, nasce o quinto filho de alguém e esse filho cresce e quer ser alguém. Em dez anos pessoas ganham gravidade, densidade, dívidas e rugas. E perdem cabelo. Muitos fios, que acabam entupindo ralos e rios.

Dez anos é o tempo que me separa do meu irmão mais velho.

Primeiro veio o Marcelo, dois anos depois a Beatriz, e oito anos mais tarde vim eu. Essa é a sequência dos filhos da Odila, minha mãe, e do Ary, meu pai.

Beatriz dizia que fui encontrada numa sacola de feira e que minha mãe, quando me viu entre as alfaces e cenouras, ficou com dó e me recolheu. Todos os domingos, na feira, eu andava pelas barracas procurando alguém que pudesse ser meu pai ou minha mãe biológicos. Seria o vendedor de peixe de olhos azuis como os meus? Ou a dona da barraca de bananas? Meu nariz era batatudo como o dela.

À Alice as batatas, dizia minha irmã, gargalhando.

Esses tais dez anos me fizeram ser filha única de uma casa cheia. Com a estrondosa solidão que isso traz.

Um dia meu pai chegou em casa com duas gatinhas que encontrou na rua. Eu escolhi os nomes: Catarina e Brigitte, nomes de princesas. Naquela época eu só pensava em princesas e bichos.

Na mesma semana, Marcelo voltou da Bahia trazendo um mico empoleirado no ombro. Um mico que andava com uma coleira no pescoço e uma cordinha como guia. As gatas ficaram doidas. Eu fiquei doida. Batizei o mico de Príncipe.

Tio Armando foi visitar a sogra na Itália e não tinha com quem deixar sua cachorra Paulistinha, uma fox bem arisca. A cadela chegou pra completar a arca.

A casa da minha infância era grande e tinha dois quintais. O da frente, que dava pra rua, era o xodó da minha mãe, bem-cuidado, com rosas, azáleas e uns arbustos aparados até parecer capacetes. Havia também um banco de cimento onde ninguém ficava, a não ser Jorge, o louco da rua, que todas as noites abria o portão e se estendia ali, fazendo do banco sua cama.

No quintal dos fundos ficavam os bichos. Além das gatas, do mico e da fox Paulistinha, havia dois periquitos numa gaiola.

Eu detestava a ideia de passarinhos vivendo presos e um dia abri a portinha. Uma das gatas comeu o Juca, era esse o nome do macho. Jurema, a fêmea, se safou do ataque. Lembro que pra mim foi um choque saber que o instinto pode ser mais forte que a amizade.

Meu pai adorava bichos. Essa é uma das lembranças mais felizes que tenho dele. Já minha mãe mantinha distância, especialmente dos pássaros. Dizia que tinha alergia. Era assim com os bichos, era assim com as pessoas. Não conheço ninguém que tenha chegado muito perto da minha mãe. Talvez só a roseira.

Paulistinha veio empertigada e feliz. Era carente, queria companhia o tempo todo e pra ela aquele pequeno mundo da minha casa era saboroso como uma cumbuca de carne. As gatas estranharam a nova hóspede, mas aos poucos, como na maioria das convivências forçadas, encontraram um modo de dividir o espaço.

Empoleirado na porta aberta da lavanderia, seu galho preferido, o mico só olhava de longe.

Jurema pirou, acho que se apaixonou, e ficava o tempo todo falando com a cachorra, usando palavras desconhecidas pra mim, mas não pra cadelinha, que, ao que tudo indicava, entendia a conversa da periquita e latia de volta, abanando o rabo.

Toda língua é uma surpresa.

Além dos habitantes bichos, minha casa tinha vários habitantes humanos: pai, mãe, irmã, irmão, a Fátima, que trabalhava lá, fazia nossa comida e cuidava da nossa roupa, e, invariavelmente, um primo ou prima do interior de Minas Gerais. Fiz as contas, dezessete parentes já moraram em casa.

Na época da Paulistinha era o Carlos Roberto, filho do irmão da minha mãe, que veio fazer residência em cardiologia no

Hospital das Clínicas. O que era providencial pra uma família de hipocondríacos hipertensos como a minha.

Ele vivia enrolado num cobertor, dizia que São Paulo era muito frio, e, como detestava os bichos, nunca ia ao quintal. Um dia o mico apareceu deitado no chão, bem abatido, e chamamos o futuro médico pra dar uma olhada. Ele se recusou, disse que não entendia nada de macaco.

Ao que meu irmão perguntou: Mas não somos muito parecidos geneticamente?

Não, não, disse ele, alguns pontos percentuais fazem toda a diferença.

E o mico morreu. Sem ajuda do único que talvez pudesse salvá-lo. Morreu de câncer na barriga. Isso disse a veterinária, não o Carlos Roberto. Minha mãe duvidou prontamente, meu pai também.

Mas como ela sabe que foi câncer na barriga?, perguntou papai na mesa do jantar. Por acaso fez biópsia? Pelo amor de Deus, Odila, que veterinária é essa?

A única que encontrei que atendia em domicílio, respondeu minha mãe.

O mico se foi, e sua ausência era evidente no quintal. Paulistinha passou um dia todo cheirando o ar. Empinava o nariz na direção do alto da porta da lavanderia, a torre do Príncipe. Catarina e Brigitte murcharam. Mas quem mais sofreu foi meu irmão, que apesar de passar muito tempo fora de casa, fazendo não sei o quê com seus amigos da faculdade, tinha um carinho especial pelo bichinho. Foi a primeira vez que vi o Marcelo chorar.

Ele me perguntou se eu queria acompanhá-lo no enterro do Príncipe. Eu disse que sim. E lá fomos os dois, mais a Paulistinha, sepultar o mico numa praça perto de casa. Levamos pá e eu colhi uma rosa do jardim da minha mãe sem que ela visse. Meu irmão escolheu uma mangueira bem frondosa e, perto dela, cavamos o buraco e pusemos o bichinho envolvido num pano de prato. Marcelo o cobriu de terra. Joguei a rosa em cima e ficamos assim, meio de olhos fechados, meio de mãos unidas, numa espécie de reza. A fox permaneceu ao meu lado o tempo todo, quieta, só observando.

Paulistinha e eu viramos melhores amigas. Com certo esforço, finalmente consegui pra ela o direito de entrar em casa e frequentar meu quarto e a sala de TV. Com a condição de que, em hipótese alguma, ela estivesse por ali na hora do almoço ou do jantar e que à noite ela fosse pra fora.

Combinado, Alice?, me perguntou, séria, minha mãe. Sim, mamãe!, respondi, desviando o olhar, porque meu sim não tinha a intenção de ser um sim.

Burlamos as regras, e a Paulistinha passou a dormir aos pés da minha cama. E o mais curioso: começou a conversar comigo. Celebrávamos juntas minhas grandes conquistas:

1. o elogio da professora,
2. o passeio de carro sozinha com o papai,
3. o pudim de leite condensado com calda de caramelo.

E me consolava quando:

1. eu me sentia sozinha,
2. eu caía brincando,
3. minha mãe tinha chiliques, o que acontecia todos os dias.

Da minha parte, eu notava quando ela estava com fome, sede ou com vontade de um cafuné e procurava atender seus pedidos. Ela respondia sempre feliz. A alegria da Paulistinha ficava no rabo.

Num dia meio nublado, tia Olga e tio Armando apareceram cheios de sacolas de presentes. A cachorra fez festa rápida pra eles e logo voltou pro meu lado. A dona era eu, estava evidente. Abracei a cadelinha e ela me disse com uma lambida: Eu não quero ir embora.

A Paulistinha está dizendo que não quer sair daqui de casa, falei alto.

Alice, para com isso, falou muito séria a minha mãe.

Minha tia deu um sorriso que não era bem um sorriso e prometeu, como um político: Ela virá sempre te visitar, e você pode ir lá em casa quantas vezes quiser.

Mentira! Comecei a chorar e subi pro quarto. Paulistinha foi junto, sem abanar o rabo. Tia Olga amoleceu. Conversou com tio Armando e falou que realmente não tinha sentido levar a cachorra embora.

Vou deixar mais um pouquinho, decretou tia Olga.

Paulistinha ficou. Até o fim.

Minha cachorra não gostava do namorado da Beatriz. Toda vez que ele ia lá em casa, Paulistinha latia e rosnava sem parar.

Era Fernando o nome dele. Veio de Goiás. Morava numa pensão só pra moços na Barra Funda. Estudava num cursinho e ia prestar vestibular. Tinha o cabelo liso, era bonitinho.

A primeira vez que vi um beijo na boca de língua foi dos dois. Fiquei escondida atrás da cortina da sala, espiando tudo. Depois reproduzi o beijo com meu primo Renato.

Ele esticou a língua e eu estiquei também. Ficamos os dois com a língua de fora, tocando ponta com ponta. Mexi um pouco a cabeça como vi a Bia fazer. Disse pra ele: Mexa também.

E ficamos os dois língua com língua, a cabeça balançando de um lado pro outro feito aquele bonequinho japonês que tinha no carro do papai.

Pronto, perdemos a virgindade da boca, falei.

Ele riu, eu ri. Paulistinha assistiu à minha iniciação pré-sexual aparentemente entediada.

* * *

Um dia acordei e a Paulistinha nem se mexeu. Achei estranho, porque ela era sempre a primeira a abrir os olhos. E todos os dias lambia minhas mãos, me avisando da hora, como um despertador que, em vez de apitar, lambe. Naquele dia, não. Achei que ela estivesse muito cansada de fazer não sei o quê, mas fiquei com um aperto esquisito no coração, como se ele estivesse querendo me dizer alguma coisa, dar alguma pista que eu não conseguia desvendar.

Fui pra escola e quando voltei, meu pai estava com a veterinária, a mesma do mico, a única que atendia em domicílio, e ela estava dando uma injeção na Paulistinha. Disse que parecia uma virose forte, perigosa, parvovirose ou cinomose, um nome difícil de entender, como esses. Antes de sair receitou uns medicamentos: Tem que dar de hora em hora, não pode pular.

Fiquei com a Paulistinha a tarde toda, pingando as gotinhas, cinco gotas a cada sessenta minutos. Abri meus cadernos, fingindo fazer a lição, mas na verdade eu não tirava os olhos dela. A Catarina e a Brigitte também ficaram por ali, perto de nós, enroscadas uma na outra e olhando fixamente pra Paulistinha.

Estávamos todos na lavanderia. A Jurema, na sua gaiola, parecia triste, não dava um pio. A chegada da morte deixa todos solidários. Quer dizer, quase todos.

Minha mãe avisou a tia Olga, que disse que não poderia ir. Mas amanhã apareço sem falta, ela anunciou no telefone com sua voz de política.

Paulistinha se foi à noite. Sua última lambida aconteceu às onze. Foi uma lambida fraca, ela quase não tirou a língua da boca, só a pontinha tocou muito de leve o meu braço, parecia uma lambida de algodão. Foi assim que ela se despediu. Quando olhei no relógio, era a hora de dar as cinco gotas.

Uma coisa interessante que só notei um dia desses: nos livros do Antônio, como nos da Agatha Christie, ninguém faz sexo.

2. A partida das amígdalas

O enfermeiro disse inspira, eu inspirei. Quando acordei, minhas amígdalas não estavam mais na minha boca. Elas foram embora na mesa de cirurgia.

Amígdalas são dois pequenos sinos na entrada da garganta que não têm função alguma a não ser inflamar, disse o dr. Bicudo, um médico muito velho que vinha nos atender em casa sempre que meu pai tinha dor de cabeça, mal-estar no estômago ou formigamento nos braços, o que era quase toda semana.

Depois que saí do hospital ganhei carinho extra de todos, mas logo o carinho passou e tudo voltou ao normal.

Beatriz pendurada no telefone com o namorado e de cara amarga pras pessoas.

Marcelo com seus amigos da faculdade cochichando pelos cantos, dizendo frases como O povo vai tomar o poder, Abaixo a censura, Abaixo a ditadura.

A Fátima só querendo saber do namorado Miguel.

Os bichos dormindo lá atrás.

Meu pai com seu uísque, seu livro e sua tevê.

Minha mãe distante.

Havia algo de esquisito na minha família. As outras famílias pareciam mais felizes, mais bonitas, mais carinhosas. A minha não. Era como se houvesse um alçapão onde todos escondiam seus sentimentos e suas palavras de emoção. Ninguém entrava nesse lugar. Por fora, só frases banais, tipo O que tem pra jantar hoje? Amanhã você me dá uma carona? Precisamos pintar a casa. Me empresta uma grana, pai?

Minha família era cinza. A da Maria Fernanda era rosa. As famílias de todas as meninas da minha rua eram alegres, como se fossem laranja, ou mansas, como azul. Menos a da dona Adélia. A família dela era metálica, da cor da seringa que o Marquinho, seu filho, usava pra injetar na veia alguma substância proibida e virar o diabo. Marquinho morava na esquina e era conhecido por Narquinho. Tudo entrava na veia dele, drogas que eu nem sabia o nome, aliás eu mal sabia da existência das drogas, a não ser a maconha, que minha irmã fumava escondida no banheiro do quintal e depois ia pro quarto e ficava dançando com o corpo molenga ao som das músicas dos Beatles que ela adorava.

Maconha é uma erva pra relaxar, ela me disse, Não é droga, só é proibida.

Já as drogas do Narquinho não relaxavam, deixavam ele louco e furioso. Uma vez quebrou todos os móveis da sala e ameaçou matar a mãe.

Era noite de uma semana normal, eu tinha acabado de fazer lição, quando começaram os gritos na rua. Olhei pela janela, dona Adélia estava na calçada com o filho. Ele agarrava a mãe, ela pedia ajuda.

Seu Nelson, o vizinho barbudo, tentava afastar o Narquinho, que parecia a menina do filme O *exorcista*. Estava transtornado, gritava e virava os olhos pra cima, agitava os braços, falava com voz grossa de demônio, tentava se soltar do seu Nelson.

Alguém chamou a ambulância, ela chegou rápido, os enfermeiros amarraram o Narquinho com um lençol branco e o puseram à força dentro do carro, ele berrava e virava a cabeça que nem a menina possuída. Fecharam a porta de trás, ligaram a sirene e partiram em alta velocidade.

Dona Adélia ficou gritando alto, Meu filho, meu filho, pra onde vão levar meu filho?

Minha mãe e a mãe da Maria Fernanda entraram com ela na casa, eu fui atrás e vi: a sala D-E-S-T-R-U-Í-D-A.

Um cheiro azedo.

O sofá virado de ponta-cabeça.

A mesa de centro com uma perna esmigalhada e o vidro rachado.

O pôster com foto do mar no chão, a moldura quebrada. Copos em cacos por todo lado.

Pedaços de carne e feijão espalhados no chão.

A cadelinha Milu, que estava num dos cantos com cara de pavor, aos poucos percebeu que o demônio não estava mais lá, se aproximou da comida, cheirou, cheirou, cheirou e comeu tudo. Sem mastigar.

E a dona Adélia, coitada.

Minha mãe me tirou de lá, disse: Vamos embora, já está na hora de você ir dormir.

Quando cheguei em casa, minhas amígdalas voltaram a incomodar, latejaram mesmo não estando mais dentro de mim. Dormi pensando na dor fantasma. A dor que o enfermeiro contou que existe em quem amputa um braço ou uma perna. A pessoa ainda sente dor no pedaço dela que não existe mais. Por muito tempo senti dor nas amígdalas e também uma dor dentro do meu peito, pela falta da Paulistinha, como se ela fosse outro pedaço tirado de mim. E pensei que o Narquinho era como a amígdala arrancada da dona Adélia.

Naquela pista nublada, no meio do gelo seco, eu vi o Antônio pela primeira vez. Ele chegou na minha frente ondulando o corpo. Tocava "Psycho Killer". Ele balançava os braços, projetava a cabeça pra frente e pra trás. Eu ainda não sabia seu nome. Que'st que c'est? Que moço bonito, estrondosamente bonito. Ele olhou pra mim. Tinha olhos de disco voador. Entrei em transe. Run run run run away.

3. Primeiro a vovó fala sozinha, depois ela morre

Você é filha de quem?
Da Odila e do Ary.
Quem é o seu pai?
O Ary.
Quem é Ary?
Meu pai, seu genro.
Ah! O Ary. Quem é sua mãe?
A Odila, sua filha.
Como é o seu nome?
Alice.
Me passa aquela agulha, Otília?
Vovó ficava e desficava gagá. Ficava e desficava. Às vezes no meio de uma frase, às vezes no meio do jantar. Enquanto segurava a colher da sopa, vovó embaçava feito o boxe de vidro do banheiro, não dava pra ver mais nada dentro dela. Depois desembaçava e aí voltava a estar inteira. E foi nessas horas em que ficava inteira que vovó começou a falar e eu descobri coisas da família que ninguém mais sabe. Virei uma espécie de diário

com chave. Toda vez que ela me via me contava uma parte da história. Às vezes repetia o mesmo trecho. E pedia segredo.

Um sábado, na casa do tio Armando em Campinas, vovó me chamou na sala e disse: Sente-se aqui e ouça, será a última vez que vou conseguir falar tudo.

Estávamos só nós duas, me sentei no chão na frente dela e ela, com sua voz de cantora cada dia mais esfiapada, começou a contar como conheceu meu avô.

Seu avô entrou na barbearia do meu irmão pra cortar o cabelo. Ele era um homem vistoso, alto, de olho azul e bigode farto. Eu era uma faz-tudo, ficava no caixa, varria os cabelos do chão, ajudava a misturar tinta, marcava horário, segurava o secador enquanto o Ramón enrolava o bobe na cabeça da cliente... A gente atendia mulheres, homens, crianças. Meu irmão era muito jeitoso, cortava bem, penteava bem e conversava com todo mundo. Eu tenho muitas saudades do Ramón. Gostava de trabalhar no salão.

Aliás, menina, você pode pintar minha unha? Vovó estendeu as mãos pra mim. Um segundo depois recolheu as mãos e perguntou: O que eu estava falando mesmo?

De quando o vovô entrou no salão.

Ah! sim. Era um dia de sol, ele foi cortar o cabelo, eu ajudei a acomodá-lo numa das duas cadeiras. O Ramón se aproximou. O moço bonito pediu pra passar máquina dois. E foi assim.

Vivi na fazenda Ponte Grande, em Boa Esperança, por mais de trinta anos, dei à luz seis filhos e, num dia muito chuvoso, seu avô bateu a cabeça na banheira, não sei se foi desequilíbrio ou o coração. Encontrei o corpo largado no banheiro, nunca vou me esquecer da cena... Chamei os meninos, cuidamos das burocracias e, depois das cerimônias de despedida, eu quis voltar pra São Paulo. Fomos morar num apartamento perto de onde tinha sido o Cabeleireiro e Barbearia Ramón, que agora não existe mais porque meu irmão Ramón morreu muito cedo, coitado.

Vovó entrou no silêncio. Peguei na sua mão e senti que tremia. Ela era alta, ossuda, tinha a pele morena e o cabelo meio ralo, que usava sempre preso num coque baixo. Todos os dias, o mesmo perfume, uma lavanda que me ensinou a passar nos pulsos, na nuca, no colo. Mas não muito, pra não invadir o nariz das outras pessoas. Nas orelhas, um brinco de pérolas ou uma argola de ouro. E sempre escolhia um colar pra combinar com o vestido. A sobrancelha, rala, ela desenhava com lápis e aproveitava pra arquear um pouco, sempre quis parecer atriz e achava que aquele desenho dava a ela uma feição de estrela de Hollywood. Vovó adorava cinema.

Antes de começar os esquecimentos, toda terça-feira depois da escola eu ia pro apartamento dela e ficava lá até a hora de a minha mãe me buscar. Assim que eu chegava, vovó me preparava um suco de laranja espremido na hora num copo alto com duas colherinhas de açúcar, e um pão com manteiga aquecido na frigideira. Eu fazia a minha lição e ela, o seu crochê. E assim, no silêncio, a gente conversava.

Mas agora estamos na casa do meu tio em Campinas, as mãos da vovó nas minhas. Ela de olhos voando, sem se fixar em nada. De repente a porta da frente se abre e em seguida bate com força. Não tinha vento, não havia ninguém ali. Vovó olhou na direção da porta e perguntou Quem é?

A porta abriu e fechou sozinha! Eu quis dar um berro, mas não dei. Quis me levantar e sair dali, mas não me levantei. Apertei a mão da vovó e ela disse É o Juan.

Juan?

Juan, o meu amor, ela respondeu com a voz mais lúcida do mundo.

Ela começou pelo navio.

Em alto-mar eu senti falta da minha mãe, que nem conheci direito, mas que tinha um jeito alegre de dizer "Teresa, mi corazón". Lembro do peixe seco com pão que era o almoço, do pão seco que era o café, da sopa meio rala no jantar. O navio me ninava, minha irmã Clotilde me abraçava. Do meu pai, só lembro do cheiro da sua pele, era uma mistura de uísque e tabaco. Não lembro do meu pai. Mas não esqueço o Juan. Juan, meu primeiro amor, meu grande amor. Juan, meu primo, filho dos meus tios que abriram a casa deles em Pinheiros pra receber a família da Espanha. Juan é o pai do João.

O tio João! João do Juan. O primeiro filho da vovó Teresa e do vovô Luiz não era filho do vovô Luiz. Que história de filme! Juan morreu no mar, no Guarujá. Dizem que foi morto. Dívida de pôquer.

Vovó repetiu: Juan é pai do João. Quando seu avô me conheceu, eu estava grávida e nunca, nunca contei pra ninguém essa história. Por que estou falando agora?

Ela olhou pra mim: Quem é você?

Vovó Teresa morreu de insuficiência respiratória numa tarde gelada. Foi enterrada num cemitério longe de tudo. Ventava. E chovia uma água fininha feito aquele macarrão de sopa.

Muita gente veio dar tchau. As irmãs da vovó, Clotilde, Matilde e Carmem, estavam arrasadas velando a caçula. Em cima do caixão colocaram rosas cor-de-rosa, redundância que ela adorava. E, no fim, antes de o coveiro jogar a última pá de terra, deixei cair no buraco uma foto do Clark Gable que eu tinha recortado de uma *Manchete*. Assim que a página caiu em cima do caixão, senti que ele tremeu um pouco. Acho que a vovó gostou do presente.

Reparei no tio João, como ele era diferente dos outros

irmãos! João. Armando. Rogério. Rodolfo. Odila. Otília. Os nomes dos filhos da Teresa e do Luiz. Cinco irmãos com o mesmo sangue. E um irmão pela metade. João era disparado o mais bonito dos homens. E o vovô Luiz era o homem mais maravilhoso do mundo.

No caminho de volta pra casa, pensei numa borboleta, daquelas que só vivem sete dias. Uma semana pra conhecer seu primeiro amor, ter um filho com ele, conhecer seu segundo amor, ter outros filhos, se alimentar de muitas flores, voar pelos ares e fechar os olhos. Uma semana. Essa é a vida dela. Apenas sete dias pra percorrer três gerações: da borboleta-neta pra borboleta-avó.

Saímos de mãos dadas. Ele me beijou no meio da avenida em alguma hora entre um sábado e um domingo.

Antônio, do interior de São Paulo, que morava num quarto no Bixiga e nunca via o pai e a mãe.

Antônio, que adorava matemática, mas seria escritor de livro policial, porque era obcecado pela morte.

Antônio, que era o único filho homem entre sete irmãs. E que tinha sete graus de miopia. Sete irmãs, sete graus. Mas eu ainda não sabia nada disso sobre ele.

Tocou um sino de alguma igreja não muito longe dali. Ele me beijou de novo. E compreendi toda a poesia do título daquele livro que o papai adorava.

Sim, os sinos dobram por nós.

4. Papai foi dar uma volta e nunca mais voltou

Eu estava no meio da aula de desenho olhando pro caderno da Lili e tentando roubar uma ideia quando bateram na porta, era a diretora. Alice, pegue suas coisas, sua tia veio te buscar. Meu coração deu um pinote, mau sinal, será que eu tinha feito alguma coisa errada? Sempre que a diretora aparecia na sala era má notícia. Saí e quando vi tia Otília de óculos escuros, pantalona verde-garrafa, camisa de seda estampada e cigarro apagado na mão esperando ser baforado, por um momento pensei que íamos a uma festa.

Tia Otília era a versão alegre, jovem e divertida da minha mãe. Uma mulher que já tinha tido mais experiências na vida que todas as mulheres do mundo. Eu gostava de exibi-la pros meus amigos porque ela sempre tinha uma história espetacular pra contar. Sobre o festival de Woodstock, quando viu Janis Joplin, Jimi Hendrix, Joan Baez ao vivo. Quando passou uma temporada numa comunidade hippie em Saquarema, aquele lance de amor livre existia mesmo e a minha tia era adepta. Quando voou de asa-delta nas costas de um ator de novela com quem tinha um caso. Quando namorou irmãos gêmeos ao mesmo tempo. Ela não estava nem aí pra opinião de ninguém.

Com uma expressão muito séria, ela me agarrou forte e me deu dois beijos do jeito que sempre fazia, estalados. Vamos pra casa, Alice, seu pai teve um probleminha e está no hospital.

Que aconteceu?

Ela só me abraçou, fungou e não disse mais nada. No caminho tentei puxar conversa, mas ela ligou o toca-fitas do carro bem alto. Começou a cantar meio desafinada e desatenta, como se cantasse pra não ter de falar, e eu senti um monstro crescendo dentro do peito e me chupando todo o ar. Se aquele trajeto demorasse mais um pouquinho, eu ia morrer sufocada. Assim que chegamos em casa, corri pra porta e ela pediu pra eu ir com calma.

Cuidado, Alice.

A porta estava aberta, então entrei e vi.

Minha mãe sentada na poltrona preferida do meu pai, de couro macio, onde ele lia seus livros.

A Fátima, de pé, ao lado da poltrona. Quando me viu, ela escondeu o rosto.

Alguma coisa estava muito errada.

Mamãe olhou pra mim e despejou: Alice, você precisa ser forte com o que vou te contar... Deus levou seu pai.

Hã?

Deus levou seu pai, ela repetiu com uma voz meio grave, meio rouca.

A mochila da escola caiu no chão. Eu caí no chão, desmaiada. Acordei com o tapinha no rosto que minha mãe me deu e tomei o copo de água com açúcar que a Fátima me ofereceu. Tia Otília me levantou.

Foi tudo muito rápido: um carro em alta velocidade na contramão, um desvio, um poste.

Como assim? Eu vou pra escola, a Paulistinha morre. Eu

vou pra escola, a vovó parte. Eu vou pra escola, o papai encontra o poste. É essa a vida? É só eu ir pra escola que a morte aparece?

Fomos todas pro hospital onde ele estava, pra onde tinha sido levado por não sei quem. No caminho prestei atenção na minha mãe, procurando sinais de uma tristeza máxima, igual à que eu sentia, a maior tristeza do mundo. Mas o que vi foi uma mulher com seus óculos escuros grandes ocupando quase toda a parte superior do rosto, como aqueles usados pela mulher do Onassis, imóvel e com uma expressão séria, uma mulher que não se abalava nem quando o marido morre assim de repente.

Logo que chegamos ao hospital, me deu medo de entrar e confirmar que era verdade que meu pai estava morto.

Como vai ser a minha vida sem ele agora? Eu sem meu pai?

Meu pai viveu a vida toda sem pai nem mãe. Coincidentemente, os dois também morreram num acidente de carro e ele foi criado por uma tia que não era muito legal. Quando ele tinha catorze anos, veio pra São Paulo estudar e trabalhar. A tia ficou em Divinópolis. Ele nunca mais voltou pra cidade dele. E nunca mais viu a tia. Só se falavam por telefone uma vez por mês. Quando meu pai conheceu minha mãe, ligou pra tia pra contar: Conheci uma moça e vamos nos casar. A tia desligou o telefone na cara dele. Nunca mais se falaram. Toda a família que ele tinha, além da tia, era emprestada da minha mãe. E família emprestada nunca é nossa de verdade, a gente tem sempre que devolver um dia.

A tia morreu na véspera do casamento dele com minha mãe. Chegou um telegrama pra contar. Meu pai não chorou a morte dela.

Igualzinho à minha mãe, cujos olhos estão secos até hoje. Ela não chorou a morte do meu pai. Marcelo também não.

Mas a Bia se esgoelou.
Tia Otília idem.
A Fátima ficou muda.
Eu morri.

Uma das brincadeiras que meu pai mais fazia comigo era a da estante. Ele ficava sentado na sua poltrona com um copo alto de uísque com muito gelo e eu em pé de frente pros livros. Eu dizia o nome de um livro e ele dizia quem era o autor.
O idiota?
Fiodor Dostoiévski.
A rosa do povo?
Carlos Drummond de Andrade.
Perto do coração selvagem?
Clarice Lispector.
Só valia se ele falasse nome e sobrenome.
Anna Kariênina?
Meu pai amava os russos, mas quando eu fiz oito anos ele me deu um livro de uma inglesa, Agatha Christie. Chamava *Os relógios*, que li como se fosse uma brincadeira, e depois pedi outro e mais outro. Foi assim que me apaixonei por detetives e mistérios.
Meu pai tinha ido embora. Assim de supetão. O mínimo que ele poderia fazer por mim agora seria aparecer e falar alguma coisa, continuar a brincadeira da estante, me contar mais sobre a namorada que ele tinha antes de conhecer a mamãe — Um segredo só meu e seu, hein, ele dizia — ou repetir a história de como ele queria ter sido marinheiro pra poder viajar pelos mares, sonho de muitos meninos da época dele lá em Divinópolis, uma cidade muito distante do mar. Mas meu pai nunca saiu da América do Sul. Ele foi com minha mãe pra Buenos Aires uma vez, e só. Poucas vezes saiu da sua loja de tecidos na rua

Turiassu, onde gostava de sentir com as mãos os cortes que chegavam das fábricas, pra avaliar a qualidade da cambraia, da seda, do tergal.

Senti um vazio tão imenso, que me faltou ar.

Quem mais ia me falar essas coisas? Quem mais no mundo uniria poliéster com Jorge Amado?

No velório apareceu gente de toda parte. Família da mamãe, amigos, meus colegas de colégio.

O Lúcio Lunardelli me trouxe uma flor branca, a Monique e a Lili me deram um cartão com a mensagem *Estamos com você todos os dias, mas principalmente agora*, o Júnior do 10, que tinha esse apelido pois só tirava nota 10, me deu um abraço desajeitado, disse que depois queria me contar sobre um livro de terror que estava lendo e de que eu ia gostar, falou isso só pra me distrair, eu sei, e também porque ele não sabia o que dizer numa hora daquela. E quem é que sabe, afinal?

Tia Otília apareceu com um amigo que era ator de pornochanchada — ela gostava de namorar ator —, um cara que ela já tinha levado em casa e que deixou minha mãe vermelha no jantar, acho que imaginando cenas quentes. Ele se chamava David e me dava piscadinhas engraçadas o tempo todo. Mas sua irmã traz cada sujeito aqui em casa, hein, Odila?, meu pai se limitou a dizer.

Ali no velório o sujeito me deu um abraço apertado sem piscada. Tive pena dele. Durante o tempo que fiquei lá meio solta, vagando na multidão dos pêsames, recebi muitos abraços e palavras iguais, e eu precisava ficar dizendo obrigada e aguentar aquelas bocas quase estranhas e abraços de corpos que eu nunca tinha visto, com cheiros que eu não queria sentir, até que no penúltimo instante antes de eu explodir em mil pedaços de tristeza chegou a tia Clotilde e me levou pro colo dela. Ficou ajeitando uma mecha da minha franja com seus dedos rachados de tanta secura e ali com ela me lembrei da última coisa que meu pai me disse logo de manhã.

Eu vou dar uma volta. Quer vir comigo?

Eu não quis ir, ainda estava fazendo lição. Ele saiu com o carro, um TL cor de ferrugem. Fui pra escola e nunca mais vi meu pai. Como teria sido aquela volta se eu tivesse ido com ele? Pra onde a gente teria ido? Se eu tivesse dito sim, poderia ter evitado o fim dele? Se eu tivesse dito sim, teria morrido com ele?

Um hamster vive no máximo seis anos. Os macacos sentem a morte dos seus familiares, até param de comer por uns dias quando alguém do bando morre. Os cachorros também sofrem com a partida de seus companheiros. Uma água-viva, que mora na parte mais fria do oceano, não morre nunca. Seus parentes não precisam chorar.

Era uma tarde quente e ele tinha me convidado pra ir ao cinema. Cabulei o trabalho e fomos assistir Drácula, de Bram Stocker, filme lindo e sensual que acendeu o maior tesão em nós. Saímos da sala nos pegando muito, entramos no primeiro táxi que encontramos e fomos direto pra casa dele.

E foi ali, no quarto escuro daquele sobrado do Bixiga, que a gente ficou pela primeira vez.

Me senti como se estivesse explorando outro planeta. Neil Armstrong desceu na Lua. Eu desci no Antônio.

Experimentei outra composição de atmosfera.

Com o André, não, era como se fôssemos da mesma matéria, do mesmo elemento que, na fusão, ficou maior, ganhou mais brilho.

Com o Antônio tinha uma ponta que me espetava, não era fluido. Mas essa estranheza me enganchou feito anzol.

5. A morte de cara lavada

Saldo: catorze anos, três mortes, sem contar a do mico, que vale meia, e a das amígdalas, que não vale. Três mortes e meia. Sete dias antes de eu completar catorze anos meu pai morre. Ninguém da minha classe tinha vivido a morte, ninguém tinha visto alguém morto. Só o Caíto, que tinha perdido um tio, mas não viu nada, pois o velório foi de caixão fechado, lacrado falaram, pra família não ver o corpo esfarelado no acidente com o caminhão. Não tive esse privilégio.

Eu vi a morte na cara do meu pai no caixão. Toquei a pele da morte do meu pai. Cheirei o perfume da morte do meu pai, era do amoníaco no algodão que estava entocado no nariz dele.

Ele queria a "Nona" de Beethoven. Gostava de imaginar sua cerimônia de adeus, como se adivinhasse que ia morrer cedo. Ou como se fosse um desejo íntimo, desses que a gente não confessa pra quase ninguém. Mas pra mim ele contava em detalhe, como se a sua despedida fosse ser uma festa. O terno azul-escuro não podemos esquecer, quero fazer a passagem alinhado.

Tudo foi feito como ele quis.

Depois do crematório voltamos pra casa vazia. A Catarina e a Brigitte começaram a miar assim que abrimos a porta. Peguei uma no colo, a outra veio também. Ficamos nós três na poltrona do meu pai, arriadas. Uma sensação de peso entrou no meu corpo e ficou. Com a morte do papai nunca mais levitei, perdi uma leveza que jamais recuperei.

Nos meses depois do velório, os acontecimentos se despedaçaram, como um copo que cai e se parte em mil caquinhos afiados. Só sei dos fragmentos.

1. Tia Otília chegou pra almoçar com uma novidade. Esperou todo mundo sentar à mesa e anunciou: Estou grávida do David [o ator pornô], vamos nos casar! Minha mãe se engasgou com a farofa. Grávida? Sim, e estamos muito felizes. Já marcamos a cerimônia na capela da PUC. E ficaremos honrados se você aceitar ser nossa madrinha, Odila. Minha mãe ficou com o rosto vermelho de tanto tossir.

Quem seria o padrinho do noivo? Outro ator pornô?

2. Minha irmã terminou com o namorado. Descobriu que ele a traía com uma loira aguada do trabalho.

Quem mandou a Bia, tão linda, escolher caras sem caráter?

Meu pai é que dizia essa frase. E eu gostava de repetir todas as frases do meu pai, nem que fosse pra mim mesma. Assim ele permanecia vivo ao menos dentro de mim.

Bia ficou trancada no quarto por uma semana, só chorando. Depois saiu magra e decidida a buscar outro namorado.

3. Meu irmão avisou que ia passar um tempo fora, talvez Paris. Apesar de a situação política estar um pouco melhor, a ditadura perdendo força, ele não queria dar sopa pro azar.

Sopa pro azar. Essa expressão também era do papai.

Depois do anúncio, olhei pra minha mãe. A pele do seu rosto tinha despencado com a notícia. Só que ela continuou com uma expressão fria, como se falasse: Que bom, meu filho. Mas por dentro ela berrou — e eu ouvi.

4. *Bye Bye Brasil.* Assisti a esse filme no cinema com o Marcelo numa sexta final da tarde depois da aula. Ele foi me buscar na escola, a gente comeu um sanduíche no Hobby, eu pedi beirute de rosbife com queijo e um milk-shake de chocolate, ele pediu não sei o quê, conversamos um pouco, ele mandou eu estudar, estudar e estudar — assim três vezes —, pois agora era eu, a Bia e a mamãe, que ele não estaria mais, que eu me comportasse e tomasse cuidado com as drogas.

Lembrei do Narquinho no meio de uma mordida e perguntei: Você ainda é comunista?

Ele respondeu que sim e que não, tinha se decepcionado com os colegas do partido, mas ainda acreditava nas ideias. Eu iria entender melhor com o tempo, segundo ele, mas seria bom eu já começar a me politizar. Não dá pra viver alienada do que acontece no país, Alice.

Não consegui terminar o milk-shake, ele pagou a conta e fomos a pé pro Cine Havaí. Ele falou de Paris, Moscou, Cuba e de como a ditadura destruiu todos os sonhos de um Brasil independente dos yankees, e no caminho todo ele foi jorrando as palavras. Entramos na sala do cinema, sentamos e ele continuou discursando, até que um casal na fila de trás fez psiiiu e ele parou.

Foi a primeira e única vez que saí sozinha com meu irmão.

5. Nessa minha saída com o Marcelo, depois do filme, eu falei de como a ditadura se aproximava e se distanciava de mim o tempo todo. Contei dos militares que eu tinha visto na rua da PUC uns anos antes. Eu estava indo a pé pra casa da Maria Fer-

nanda e no caminho vi a Monte Alegre tomada de tanques e homens fardados com armas imensas. Eles estavam invadindo a faculdade. Eu vi tudo aquilo sem entender, mas tive medo por você, eu falei pra ele. E se os militares descobrissem que você e seus amigos queriam acabar com o governo? Voltei pra casa correndo, nem fui na Maria Fernanda, e contei pra mamãe o que tinha visto e ela mandou eu ficar quieta, Alice não diga nada sobre isso pro seu irmão. Quase não dormi. E se eles invadissem a nossa casa?

Marcelo então me contou que naquele dia os militares entraram na PUC e espancaram estudantes e professores que eram contra o governo e prenderam muitos deles. Inacreditável que um ser humano possa bater em alguém e prender a pessoa só porque ela pensa diferente. A ditadura é muito triste.

6. Minha mãe começou a fazer meditação às segundas de noite. Voltava mais relaxada, com as sobrancelhas menos contraídas e com a paciência mais dilatada. Toda terça de manhã o efeito passava.

7. Tive experiências sobrenaturais. Numa madrugada, ouvi os passos do papai no corredor. Os sons pararam na porta do meu quarto.

Senti o perfume dele ao meu lado na cama, o mesmo perfume de mato que ele encomendava lá de Belém e chegava pelo correio. Comecei a chamá-lo bem alto, minha mãe acordou, a Bia também, elas abriram a porta e entraram. Bia me abraçou. Mamãe ficou de pé em frente à cama, com a cara amassada, e decidiu que no dia seguinte ia procurar uma psicóloga pra mim.

8. Ela se chamava Anna com dois enes e tinha consultório na rua Aimberê, uma pirambeira perto de casa. Não lembro di-

reito do que a gente conversava, mas ir lá me acalmou. Depois de um tempo, parei com as sessões. Custava um bom dinheiro e dinheiro passou a ser uma questão pra nossa família.

9. Minha mãe fechou a loja de tecidos que era do papai. Mandou o único funcionário embora e fez uma venda especial de todo o estoque. Depois de pagar todas as despesas, o dinheiro que sobrou ela colocou na poupança e disse que era pra viver os próximos meses até decidir o que fazer da vida. Os tecidos que não venderam ela guardou nos maleiros em cima dos guarda--roupas. De vez em quando eu subia numa escada, abria os maleiros, pegava um corte de linho ou seda e cheirava, tentando captar um restinho que fosse do meu pai.

10. Você já lavou a louça? Arrumou a cama? Se não cuidar dessas gatas vou doar as duas pra alguém que cuide, a Fátima não dá conta de tudo. E as provas? Não vai estudar? Precisa tirar notas boas. Não gosto desse menino com quem você está andando. Cuidado com as drogas, não se esqueça do filho da dona Adélia! Já lavou a louça?
É muito difícil ser filha da minha mãe.

11. O Júnior do 10 me ofereceu um baseado numa tarde na casa dele. Traguei e segurei, ouvindo "Stairway to Heaven", aquela música que não acaba nunca. Ao longe sininhos tocavam na igreja São Domingos. Soltei a fumaça, engasguei, tossi, traguei de novo. Olhei pro Júnior do 10.
Achei que ele estava até mais bonito. Comi mais fumaça. Fiquei com o corpo mole e a cabeça voando. Depois de um tempo me deu fome. Abrimos a geladeira e comemos tomate com queijo e leite condensado, era o que tinha. No final, dei um beijo na boca dele. Era pra ser na bochecha, mas escorregou.

12. O Júnior do 10 passou a mão no meu peito na escadaria do prédio dele. Me arrepiei toda. Não deixei ele passar a mão lá embaixo.

13. Na época do Natal, morreu o pai do Hugo, meu amigo da escola. Pouca gente foi ao velório porque eram férias. Ele morreu de cirrose hepática, doença que dá em quem bebe muito. O pai do Hugo bebia todos os dias, desde de manhã até a noite. A bebida da manhã era conhaque. E o lugar onde ele ia beber era um muquifo na Teodoro Sampaio. Todos os frequentadores do bar foram ao enterro, levando uma última dose pra brindarem à beira do caixão. Um sujeito derrubou um pouco do conhaque no buraco da sepultura, Tim-tim, Alberto.
Eu fui na cerimônia com a Maria Fernanda e me lembrei demais da morte do meu pai, fiquei arrasada, chorei sem parar. Parecia até que eu era da família do Hugo.

14. Tia Otília perdeu o bebê. Chorou um pouquinho, mas depois ficou aliviada. Ou só disse que ficou. Nunca dava pra saber quando ela estava sofrendo de verdade e quando estava feliz de verdade. Parecia uma atriz sempre. Terminou com o David, que ficou arrasado. Ela cancelou igreja, vestido, terno, bolo, devolveu presente, comprou uma passagem com suas reservas de dinheiro e foi pra Londres.
Mandou um cartão pra mim com uma foto tirada na Piccadilly Circus.
Alice, aqui é o País das Maravilhas. Um dia vou te trazer pra esse buraco mágico, que tem Coelho, Rainha e Chapeleiro Maluco. Assinado, Otília, sua Titília.

15. Minha irmã começou a namorar um cantor de rock, de uma banda lá da Pompeia. Ele se chamava Sérgio.

16. Marcelo iria pra Paris pra fevereiro, seis meses depois da morte do papai.

17. Sonhei com o enterro da minha mãe. Senti alegria de ser ela ali no caixão e não meu pai. O lugar estava cheio de flores. Vi vovó Teresa ao lado do corpo coberto com a toalha de renda francesa da mesa de jantar. Ninguém chorava. Tia Otília estava na porta da sala recepcionando os convidados. Ao lado dela, o ex-noivo David, nu. Ele tinha um lenço na mão. Minha mãe estava vestida de noiva no caixão. No rosto, um sorriso.
Escrevi no meu diário o título do sonho: Mamãe morre vestida de noiva.

18. Numa sexta-feira depois do colégio, deixei o Júnior do 10 passar a mão lá embaixo. A mão dele era desengonçada. Não senti nada.

19. No meu aniversário de quinze anos — um ano depois da morte do papai — eu não quis festa, mas fui a várias festas de debutantes das minhas amigas que mais pareciam casamento, elas vestidas de longo e dançando valsa com os pais. Eu me sentia muito deslocada.

20. Toda sexta-feira à meia-noite o canal 13 exibia filmes de terror e mistério. Eu assistia com medo e ficava esperando que esse medo me conduzisse pra um lugar entre a vida e a morte, que nem os personagens dos filmes. Nesse lugar eu esperava encontrar o papai. Ou seja, assistia a filmes de terror pra, quem sabe, encontrar o papai.
Nunca funcionou.

21. No dia 8 de dezembro de 1980, John Lennon recebeu quatro tiros à queima-roupa e morreu. Quem atirou nele foi um fã de vinte e cinco anos que estava lendo o mesmo livro que eu. John Lennon tinha quarenta anos e caiu em frente ao seu prédio em Nova York, o edifício Dakota. Ali tinha sido filmado *O bebê de Rosemary*, aquele filme cabuloso da moça com um corte de cabelo lindo que fica grávida do demônio. Yoko Ono gritou, paralisada de susto e horror. Depois de dar os tiros que mataram o cara mais famoso que Jesus Cristo, Mark Chapman se sentou tranquilamente na sarjeta da rua 72, abriu *O apanhador no campo de centeio* não sei em que página e esperou a polícia chegar.

Ouvi a notícia da morte do Lennon às sete horas da manhã seguinte, indo pro colégio de carona com o pai da Maria Fernanda. John tinha levado os tiros mais ou menos às onze horas da noite anterior; naquela época, a notícia demorava toda uma madrugada pra cruzar as Américas. Quando escutei o locutor interromper a programação da rádio pra anunciar aquele acontecimento tão inesperado, me deu muita vontade de conhecer o edifício Dakota, de estar lá, ver os detalhes do prédio onde tinha ocorrido a tragédia que ficaria pra sempre marcada na história. Naquele dia as rádios não pararam de tocar "Imagine", os telejornais não pararam de mostrar cenas e mais cenas dele, da mulher dele, dos filhos deles, do Dakota. Durante o *Jornal Nacional*, a Bia se matou de tanto chorar.

22. Poucos meses depois, foi a vez de o Bob Marley partir deste mundo, vítima de um câncer que começou num dedo do pé e depois tomou o corpo todo. O médico, quando viu o dedo, quis amputar, Bob não deixou, decidiu se tratar com um curandeiro. Quando fechou os olhos pela última vez, tinha trinta e seis anos. Seu funeral na Jamaica parecia um cortejo de rei. Eu

vi na tevê, sentada ao lado da mamãe e da Bia, que também chorou pelo Marley.

23. O helicóptero que levava o pai do Lúcio Lunardelli caiu no mar de Ilhabela. Nunca mais acharam o corpo dele, ou o do piloto. Só os restos mortais do helicóptero foram encontrados, e isso depois de umas duas semanas de busca. Todos da nossa classe foram ao enterro sem corpo. Fiquei olhando pro caixão oco. Pensei no meu pai virando cinzas e as cinzas virando nada. Pensei na vida virando morte e a morte virando nada. A mãe do Lunardelli teve um ataque de riso no velório e depois do riso veio o choro.

Nossa primeira viagem foi pra Mauá, na Parati capenga que o Antônio tinha. Levamos umas seis horas pra chegar. A casa tinha cheiro de mofo e um colchão de espuma esgarçada. Choveu o tempo todo. Foi duro acender a lareira, gastamos o litro inteiro do álcool e o estoque velho de Folha de S.Paulo pra tentar tirar uma chama daquela lenha molhada. Levamos macarrão, latas de atum, molho de tomate e leite condensado. E assim passamos todos os dias do feriado. Era Semana Santa. Comemos sentados na cama. Fumamos baseado de manhã à noite, tocamos violão e transamos muito. Nos intervalos eu lia e o Antônio dedilhava acordes de músicas que eu adorava. Gostei de saber que a gente gostava das mesmas músicas. Naquela época eu ainda acreditava que gosto parecido era pista de amor eterno.

A gente acordava tarde, descia do quarto por uma escadinha de madeira podre que rangia a cada pisada. Eu punha a mesa e o cardápio era café preto, bolacha água e sal amolecida e um pedaço duro de um queijo ruim que a gente comprou numa vendinha na beira da Dutra.

Antônio era lento de manhã, abria os olhos devagar, se levantava se espreguiçando, prendia o cabelo comprido num rabo de cavalo e se movia com um certo delay. Descia lentamente degrau por degrau, ia ao banheiro e depois sentava na varanda com o café e a bolacha com queijo. Comia olhando pra montanha. Mastigava devagar.

Com o tempo essa calma começou a me irritar, apesar de nunca deixar de me atrair.

6. *Love of my life, don't leave me*

O estádio estava lotado. O Queen no Brasil, em São Paulo, bem na minha frente. Eu estava ali, com a turma da rua de cima, a Maria Fernanda e o Júnior do 10.

Por mais shows a que eu tenha ido na vida, esse será sempre o maior. Foi como se eu tivesse virado adulta naquelas duas horas. O desmame havia começado no crematório no dia da morte do papai e continuou ali, na pista apinhada do Morumbi. Entre as letras, o ritmo e o assombro, cuspi meus últimos gestos de menina.

Cem mil pessoas, escreveriam os jornais no dia seguinte. Luzes no alto de todas aquelas cabeças, o palco lá longe e as vozes cantando as mesmas palavras: *love of my life, don't leave me*. Senti a vibração de tantos corpos juntos, unidos, suando e soando desafinados. O Freddy Mercury tinha voz de gigante. Um megafone instalado dentro de sua boca fazia com que cada sílaba voasse feito trovão. Eu senti as notas entrando na minha pele, a voz, a guitarra, a bateria batendo seus pratos dentro de mim.

A vida apesar da morte pode ser espetacular.

Esperamos a última música, pedimos bis, e de novo, e quando tivemos certeza de que tinha acabado mesmo, saímos do estádio numa imensa fila indiana. Pegamos o ônibus de volta pra casa. Descemos no mesmo ponto e cada um foi ficando pelo caminho, menos o Júnior do 10, que me acompanhou até a porta de casa. Conversamos sobre o show, as músicas, o Freddy Mercury, a caixa de som que parecia um navio, pena que o John Lennon tinha virado estrela, seria um sonho ver ele cantando "Woman" ali no Morumbi tão grande e tão longe, e quando chegamos na porta da minha casa senti que o Júnior do 10 queria dizer alguma coisa, talvez se declarar, talvez me beijar, aí olhei direto no fundo dos olhos dele, peguei suas mãos, puxei ele pra perto de mim, dei um abraço longo, um beijo na bochecha, soltei, virei e entrei em casa.

Ainda ouvi ele cantando baixinho: *Love of my life, don't leave me.*

No dia seguinte acordei cheia de energia, como havia muito tempo não acordava. Peguei um disco do Queen da Bia, coloquei na vitrola e fiquei cantando e dançando com as gatas nos braços, ronronando em mim. Enquanto mexia meu corpo, lembrei do meu pai ouvindo música. Ele gostava de MPB e de música clássica, não gostava muito de rock. Eu sentia falta das pequenas presenças cotidianas dele: do gelo balançando no uísque, ele na poltrona com o couro amassado de tanto ficar ali lendo. Os livros sendo folheados. Sentia falta até do Otávio do Círculo do Livro, que vinha trazer as encomendas todo mês. O Otávio não vinha mais. Mamãe suspendeu a assinatura. Ela só falava de dinheiro, mais especificamente da falta que o dinheiro fazia.

Marcelo estava em Paris havia um ano. Ele morava no quartinho de empregada de um apartamento chique e dava aulas de português. De vez em quando chegava um ou outro cartão dele. De vez em quase-nunca o telefone tocava e sua voz flutuava numa nuvem de distâncias e chiados. Tudo que ele dizia é que ainda não estava no tempo de voltar.

E desde que ele partiu, minha casa passou a ser habitada só por fêmeas. Dizem que quando uma fêmea menstrua, a outra menstrua junto. Minha irmã, a Fátima e eu menstruamos juntas. Será que as gatas menstruam juntas também? Minha mãe, certeza, não menstrua mais. Nem menstrua nem conversa. Só dá ordens. A última foi durante uma discussão na mesa do jantar, nem lembro direito o motivo, mas lembro das palavras dela: Se você quer me dar conselhos, ou pra alguém nesta casa, vá ganhar seu sustento. Só depois você terá o direito de dar sua opinião.

Só quem tem dinheiro pode dar opinião, mamãe?

Sim, ela respondeu. Aqui na minha casa, sim.

Meu irmão diria que era desse jeito não só na casa dela, mas em todas as casas do planeta capitalista: só o dinheiro tem voz. Uma vez ele soltou essa frase e eu não esqueci, fiquei pensando no dinheiro falando.

Fui fazer pesquisa de mercado. O bico consistia em ficar em pé em alguns pontos estratégicos da cidade com um questionário na mão, abordando homens e mulheres de diversas idades. Você pode responder a uma pesquisa? Se a pessoa concordasse, teria que passar por um filtro. Tem geladeira em casa? Carro? Quantos banheiros? De vez em quando eu mentia em um ou outro critério, pois tinha que preencher uma cota diária com um perfil específico de entrevistado, e muitas vezes não encontrava a pessoa exata. Eu ganhava por questionário preenchido. Nunca ninguém pegou minhas mentiras.

Chegou o último ano do colegial. O mundo pós-papai. A morte dele aos poucos deixava de sobrevoar nossa casa e a minha vida. Dias inteiros passavam sem eu me lembrar da sua presença. É assim que a morte reina absoluta: a pessoa vai embora mesmo.

Mamãe arrumou emprego de secretária-executiva numa grande empresa de engenharia que ficava no Morumbi. Ia todos os dias em seu fusquinha. Voltava menos triste e menos raivosa. Comprou roupa nova, mudou o corte do cabelo, fez dieta, achei que no escritório podia ter alguém que a interessasse.

Bia engrenou de vez a história com o Sérgio e começou a dar aula numa escola perto de casa. Sérgio era muito legal, papai ia gostar dele, tenho certeza.

Tia Otília mandou uma carta longa dizendo que estava tudo bem na Inglaterra. Ela morava numa comunidade alternativa e jogava tarô como modo de vida, mas não aguentava mais os dias *always gray*. Tinha arrumado vários namorados, mas depois de tanto tempo fora queria voltar ao Brasil. Chegaria naquele Natal.

Comecei a me preparar pro vestibular. Queria prestar jornalismo. Marcelo, num de seus raros telefonemas, falou que jornalismo era curso pra quem não sabe o que quer fazer da vida. Achei que eu me encaixava bem na descrição.

As gatas, cada vez mais gordas e carentes, dormiam comigo, que ainda não tinha dormido com ninguém. Elas também nunca tinham feito sexo e agora não iriam fazer mais, pois tinham sido castradas. Coitadas, vão morrer virgem como as freiras da igreja. Será que eu também morro virgem?

Mas uma noite houve uma reviravolta na minha história. O Sérgio veio jantar em casa e trouxe o irmão dele, André.

Quando olhei pra ele, foi como se uma flecha tivesse atingido o meu terceiro olho, um disparo certeiro bem no meio da testa. Fiquei olhando pra ele, que ficou olhando pra mim. Os dois quietos. Sérgio nos apresentou, era como se a voz dele viesse de outro planeta, tão longe que soava.

Essa é a Alice, esse é o André. Fez até eco.

Essa é a Alice, esse é o André.

Nos sentamos todos na sala de estar, a parte da casa reservada pra visitas especiais. Minha mãe ofereceu: Vinho ou cerveja? Um coro de vozes cantou: Cerveja!

Alice, vá buscar as cervejas.

Demorei uns segundos pra atender, me levantei com o corpo tremendo. Uma mudança química tinha acontecido em mim, meu interior foi modificado. Na cozinha me apoiei na geladeira. Meu coração era uma música rápida. Respirei profundamente: queméessecarapeloamordedeus? Meu rosto se transformou numa máscara sorridente, tentei encolher o sorriso, não consegui, fiquei com cara de boba, sabia disso mesmo sem me olhar no espelho. Coloquei uma garrafa grande de Antártica numa bandeja de prata e seis copos de cristal. Pras visitas o melhor de nós, dizia a vovó, o que a mamãe repetia, e entrou em mim.

[A Bia não era assim, pra ela copo de plástico era igual a copo de vidro, que era igual a copo de cristal. A Bia não tem modos, ainda bem que você me puxou, disse uma vez mamãe, num dos poucos elogios que me fez na vida.]

Da cozinha ao sofá contei trinta e oito passos. A bandeja tremia. Andei devagar, um pé na frente do outro. Cheguei quase virando a bandeja em cima de todo mundo. Sérgio se levantou pra me ajudar. André quase fez o mesmo, mas não completou o movimento. Não olhei pra ele. Coloquei a bandeja na mesa de centro, mamãe serviu. Bia tomou um gole já de pé e anunciou que ia se arrumar, saiu ventando. Quando passou por mim, me olhou com uma expressão que não consegui identificar. Antes de subir pro quarto, ela abriu a janela da sala. Entrou uma brisa tímida, estava quente naquela noite, um calor suado. Tomei um gole da cerveja e encostei o copo gelado no meu rosto pra me esfriar, aproveitei e olhei pra ele. André retribuiu, seus olhos eram verdes? Ficamos assim uma eternidade. Acho que desde que eu tinha feito a brincadeira da salada de frutas com meu primo Renato, nunca tinha encarado alguém por tanto tempo.

Minha mãe continuou falando. Estranho, ela sempre tão reservada, estava uma matraca. Perguntou o que ele fazia, com aquele jeito dela de perguntar invadindo a vida dos outros sem parecer que está invadindo. Uma investigadora particular. Aproveitei pra prestar atenção nele: calça jeans, All Star nos pés, camiseta branca. Cabelo enrolado, na altura dos ombros. Cachos castanhos. Nem muito alto, mas também nem muito baixo. Magro. Dedos das mãos compridos. Pernas compridas.

Toco violão e piano desde pequeno.

Você dá aula?, perguntou mamãe.

Sim, particular pra crianças e jovens.

Você canta também?, insistiu a detetive.

Só no chuveiro.

Risos gerais.

Estou saindo do Brasil. Vou estudar música no Instituto Berklee, nos Estados Unidos.

Congelei. Todos os poros da minha pele se abriram feito microbocas. Berklee? Ficava em que estado dos Estados Unidos? Pensei, não perguntei. Da minha boca não saía palavra.

Mamãe continuou falando sobre música, livros e diferenças de família pra família, e de como era importante a gente ser criado num ambiente assim, com vivência cultural. Todos concordaram, pois, afinal, é o tipo de observação em que não existe discordância possível. Aliás, mamãe era campeã em conversas amenas como essa, em que não cabiam opiniões contrárias.

Bia voltou. Os três iam sair. Pensei que fossem me convidar, mas não aconteceu.

Já vamos indo, mamãe, Bia falou. A Dalva, namorada do

André, vai tocar no Cultura Artística. Ela é violinista da Orquestra Municipal de São Paulo. Vai ser uma peça do Beethoven.

Papai ia adorar, pensei.

Todos se levantaram. Eu tinha acabado de conhecer o André e já sentia ciúmes dele. Já me sentia desamparada por ele ir embora pros Estados Unidos. Já estava arrasada porque ele tinha uma namorada que tocava violino e eu nunca tinha conseguido dedilhar nem um acorde no violão do Marcelo. Eles foram indo pra porta. André, antes de sair, olhou pra mim e disse: Gostei muito de te conhecer.

Eu respondi: Igualmente.

Foi a única palavra que falei. Eles foram embora e mamãe comentou: Que encanto esse irmão do Sérgio.

Sem dizer nada, fui lavar a louça e quebrei um copo.
Love of my life, don't leave me.

Depois de um tempo, o Júnior do 10 me procurou e voltamos a nos ver com regularidade. Todas as tardes ele passava em casa e a gente ia fumar um na praça. Nunca mais tentou passar a mão em mim. Ele estava virando ocultista, vivia pra cima e pra baixo com livros de astrologia, numerologia e vários tipos de magia.

Você sabia que o fogo de Áries é o do incêndio, o fogo de Leão é o da fogueira e o de Sagitário é o da vela?, ele disse entre uma baforada e outra.

Conheci o homem da minha vida, declarei. Não sei que fogo ele é.

Ele engasgou com a fumaça. Tossiu, tossiu, ficou vermelho. Achei que fosse morrer. Bati nas costas dele com vigor, as mãos abertas.

Ele me perguntou baixinho: Quem é?

É o André, irmão do Sérgio, namorado da Bia.
O Júnior do 10 me olhou com uma cara tão triste...
Desculpa, eu disse.
Água é o elemento mais sentimental. Existem três tipos de água: Câncer, Escorpião e Peixes. Eu sou Câncer com ascendente em Peixes e lua em Escorpião. Ou seja, água tripla, ele disse.
Qual é o meu ascendente?
Você é Leão, ascendente em Capricórnio, com lua em Peixes, fogo, terra e água. E no horóscopo chinês nós dois somos Serpente.
Soltei fumaça na cara dele e caí na gargalhada.

Quando veio morar comigo, Antônio trouxe seus livros policiais, juntou com os meus e fizemos nossa biblioteca no quartinho dos fundos. Colocamos uma mesa comprida e lá virou o escritório, onde ele lia e escrevia. Foi naquele quartinho, consultando o livro do Guiness, que ele chegou à ideia do seu primeiro personagem.

Chico, um cara do interior de Minas Gerais que ganhava a vida imitando o Elvis, foi participar de um concurso de covers em São Paulo e acabou morto. Seus colegas imitadores do Elvis também foram mortos, um a um. Um monte de Elvis mortos. Ao lado dos corpos um bilhete com a pergunta:

Quem disse que Elvis não morreu?

Pra resolver esse mistério, entrava em cena Soraya, investigadora da polícia, e Rony, um detetive particular contratado pela família do Chico.

O livro tinha como título O mistério do imitador, *foi publicado por uma editora minúscula e fez um puta sucesso.*

7. A pequena morte

Subi as escadas com o coração na mão. Eu tinha prestado arquitetura na USP, por influência do Marcelo, mas não tinha passado nem perto da nota de corte da primeira fase. Aquela era minha última esperança. Tia Otília, que tinha voltado de Londres, foi comigo de ônibus, descemos no Masp e fomos a pé até o prédio da Gazeta, onde, coladas na parede, estavam as listas dos aprovados, uma fileira de papéis com os resultados de todos os cursos. Procurei jornalismo, jornalismo, jornalismo... achei. Alice Coelho Brás, sétimo lugar. Faculdade de Jornalismo da Pontifícia Universidade Católica de São Paulo. Tia Otília pegou na minha mão e começou a rodar comigo: gira-gira-gira. Ela cantou de alegria, eu chorei.

Eu ia trabalhar na televisão, ia pra Nigéria, ia sair na Portela, ser correspondente em Moscou, Pequim, Londres, Accra, Nova York, ver o Dakota, ir a Tóquio, Omsk, Vladivostok, percorreria todo o tabuleiro do WAR, ia fugir daqui pra lançar furos de reportagem, ficar famosa, fotografar a rainha, a troca da guarda, ia beijar o príncipe, deixar de ser abóbora. Buenos Aires. Machu Picchu.

Honolulu. Subir os Andes e o Himalaia. Morar na Amazônia com uma tribo indígena perdida no meio da floresta, subir a Rocinha, investigar o tráfico, mergulhar com os golfinhos, ganhar todos os prêmios. O mundo era meu. Ligamos do orelhão pra mamãe, ela ficou feliz também, com sua voz contida.

Sétimo lugar, mamãe.

Parabéns, Alice.

Combinamos de nos encontrar numa pizzaria perto da Paulista. Fomos a pé, tia Otília e eu. Mamãe chegou depois do trabalho, Beatriz e Sérgio também foram. E, de surpresa, apareceu o André. Como ele soube, não sei, acho que o Sérgio avisou. Veio sozinho.

Vim dar um beijo na universitária, ele falou com sua voz afinada.

Se acomodou ao meu lado, e foi uma loucura. Ele brindou comigo, conversou a noite toda e me levou pra casa a pé, porque a noite era uma bebê de colo, e ele me falou do céu, da terra, das estrelas, de acordes e arpejos, e quando estávamos quase na porta ele me beijou e sussurrou Amanhã te ligo e parabéns o mundo é seu e no dia seguinte ligou e me convidou pra ir ao cinema *O último tango em Paris* e Godard e Tarkovski e *Fanny e Alexander* aquela câmera baixa na altura das crianças e conversamos sobre cinema e eu não sabia nada só ouvia o que ele falava e eu babava no que ele falava e depois me levou num barzinho que tocava música ao vivo, Caetano e Gil e Chico e Clube da Esquina e ele disse que amava música,

Eu também.

Falei dos StonesxBeatles ele falou de jazz, dos homens e mulheres do blues e do rock progressivo, Pink Floyd, King Crimson e de quanta música boa se faz também por toda parte do nosso país, Beto Guedes e Clementina de Jesus e Luiz Gonzaga e

Pixinguinha e o ritmo inventado pelo Jorge Ben, e ele me beijou na mesa do bar depois de muitos uísques e falou,

    Vamos sair daqui?

    E me levou pra casa dele, pro quarto dele, os pais não estavam, o irmão não estava, a casa vazia, o quarto só nosso, uma cama de solteiro apertada e tirou minha roupa e eu virei um planeta e brilhei sou leão ascendente em capricórnio, ele só sei que é escorpião e é um troca-troca e as mãos e o peito, as línguas, as peles, os pelos, os cheiros e a tontura Você é linda, seus olhos são um dia de sol e Que linda é você, ele repetiu e chegou mais perto como se por alguma falha nas leis da física ele pudesse estar mais perto e abriu minhas pernas e me virou de lado, de costas, de frente, e me lambeu e cantou no meu ouvido uma melodia nova que tinha acabado de fazer, leão e escorpião chamava a música, minha música, nossa música, dorémifásol me deu vertigem e ele entrou em mim e daqui nunca mais saiu.

    O André não saiu de dentro de mim nem quando sumiu pelo mundo e foi estudar música no Berklee e levou a Dalva com ele. Disse que me amaria pra sempre como amam os artistas, nesse lugar da inspiração, que eu era a musa desse lugar que não existe na vida real, porque a vida real é diferente, e ele tem a Dalva e está ligado a ela por fios invisíveis de um material difícil de romper. E essa bolsa no Berklee, e os Estados Unidos, e a Dalva, e lá se foi meu sonho, meu amor foi embora. O mundo não era meu. E se isso não era outra morte, outra amígdala perdida, nem sei o que era.

    De lá dos Estados Unidos ele me mandou uma carta dizendo que não parava de pensar em mim e em como tinha sido bom tudo que aconteceu, que especial, mágico mesmo. A nossa noite. A nossa ligação. Uma constelação. A vibração que acontece no espaço entre nossos corpos, blá-blá-blá. Estou compondo uma música pra você, pra nós, vou voltar um dia. Sim, tenho certeza que a gente ainda tem uma história pra viver juntos. Não é agora. *Not now*. Mas a vida é grande e comprida, quase um épico. Uma ópera. A gente ainda vai se encontrar. Enquanto isso vai vivendo sua vida de maravilhas, Alice.

Foda-se tudo o que ele disse.

Recebi essa carta numa sexta-feira, depois que cheguei da faculdade. O carteiro sempre passava no comecinho da tarde. Me tranquei no quarto no fim de semana, me acabando de tanto chorar. No domingo, escrevi quatro páginas pedindo pro André não me escrever mais, nunca mais. Ou ele voltava pra mim, ou eu ia pra lá, largava tudo e ia. Ficar no meio do caminho, pairando nesse Triângulo das Bermudas não dava. Não mesmo. Fiquei morrendo de raiva. Na segunda-feira fui ao correio e mandei a carta. Ele nunca me respondeu. Fiquei esperando o carteiro trazer uma resposta, mas só chegavam contas, o que deixava minha mãe mais e mais nervosa, só pra piorar a minha situação que já não era boa.

Tia Otília, me vendo no fundo do meu poço, me convidou pra ir com ela a um encontro de magia que ia acontecer num sítio em Campos do Jordão. Vem, vai ser superlegal. Vai ter tarô, astrologia, numerologia, xamanismo, bruxaria, regressão a vidas passadas, Osho, quiromancia, leitura da íris, você vai gostar.

Nós fomos no fusquinha da mamãe. O Júnior do 10 foi junto. Saímos numa sexta-feira logo depois do almoço. Os dois na frente, eu atrás, apertada entre colchonetes, cobertores e travesseiros. A ideia era dormir no meio dos magos e das feiticeiras. Os dois ficaram conversando a viagem inteira sobre mapas astrais, constelações, trânsitos, retorno de Saturno, quadraturas, soltando aqui e ali palavras que tinham um significado oculto pra mim. Era como se eu estivesse ouvindo uma aula em outra língua. Eu prestava um pouco de atenção, depois desligava. Lembro das janelas abertas, do vento no rosto e da fita cassete com as músicas *new wave* que a tia Otília ouvia onde quer que ela estivesse. Em algum trecho da estrada pensei que eu podia estar embarcando numa roubada, essa história de convenção ocultista no alto da montanha, onde eu estava com a cabeça pra aceitar um convite desse? O que eu ia conversar o fim de semana inteiro? Mas qualquer coisa era melhor do que ficar em casa remoendo o André e a Dalva se divertindo nos Estados Unidos, tocando em lugares incríveis e sendo aplaudidos de pé por um público loiro, rico e de bom gosto, que só ouvia jazz e que jamais iria a um encontro de bruxaria no topo de uma montanha brasileira.

Chegamos à noite, a estrada era muito ruim, esburacada, mal sinalizada, coitado do fusquinha da mamãe. Com o mapa malfeito que os organizadores disponibilizaram pra tia Otília, a gente demorou uma eternidade pra achar o lugar. Quando finalmente encontramos, passava das oito da noite. A abertura do evento havia sido às seis, hora do crepúsculo. Paramos o carro e descemos. Li a placa: Fazenda Salamandras. Siga a pé por aqui. Cuidado com os duendes.

Ouvi Júnior do 10 dizendo que salamandras são elementais do fogo, seres espirituais elevados que nos ajudam a agir. Ele falava como se lesse o parágrafo de um livro de autoajuda.

Os elementais do fogo colaboram imensamente pra preservação de nosso corpo espiritual. A energia irradiada pelas salamandras perpassa todos os planos até atingir nosso corpo físico. Elas intensificam a espiritualidade, a fé e o entusiasmo. Colorem nossa percepção e ampliam o discernimento espiritual, pra que ele sobrepuje o psiquismo inferior.

Perpassa? Sobrepuje? Que verbos são esses, Júnior? Perguntei pra ele, e a gente caiu na gargalhada. A gente não conseguia parar de rir. Acho que era de nervoso. Tia Otília fez: Pssssiu, estamos entrando num local sagrado, é preciso ter respeito.

Antes de sair do carro, tia Otília tinha prendido o cabelo

com um lenço que vovó Teresa usava no pescoço. Ela estava com umas argolas grandes nas orelhas, uma saia comprida e um poncho peruano comprado num brechó em Londres. O Júnior do 10 usava uma túnica branca tipo sessão espírita, uma calça branca de veludo e um casaco branco que ele tinha pegado do pai. Entramos na fazenda seguindo a placa. O caminho estava iluminado com velas dentro de latas de leite condensado. Depois de alguns passos, chegamos numa clareira com uma grande tenda no centro. Nos aproximamos. Era como se fosse um circo, e lá dentro vimos várias tendas pequenas. Um casal veio nos receber, Silas e Lígia. Eram os responsáveis pelo evento. Ele nos ofereceu um copo pequeno com um chá: Um drinque de boas-vindas, pra vocês já entrarem no clima.

Lígia falou: Que pena que vocês não pegaram o ritual de saudação ao outono, foi uma cerimônia muito bonita. Mas ainda tem muito pra vocês aproveitarem. Em breve começaremos os atendimentos. Fiquem à vontade.

Olhei em volta e vi muitas mulheres e alguns homens, todo mundo sem sapato, de meia, pantufa, poncho e cobertor amarrado como um manto. Pensei no Jim Jones, naquela seita maluca dele, nesse guru que levou todos os seus fanáticos a se suicidar. Não me esqueço de quando fiquei sabendo.

Estávamos na mesa do café da manhã, papai com o jornal aberto, como ele sempre fazia antes de ir pro trabalho. Nesse dia ele contou o caso: Ouçam esta barbaridade!

Pastor norte-americano leva mais de novecentas pessoas a cometerem suicídio coletivo. O pastor Jim Jones se apresentava como uma tripla reencarnação: de Jesus, Buda e Lênin.

Ninguém menos que Jesus, Buda e Lênin!, Bia enfatizou rindo.

Ele fundou uma igreja na Califórnia, mas já havia morado no Brasil... em Belo Horizonte, vejam só! De lá foi pras florestas da Guiana, onde criou a Jonestown, fazenda na qual realizava vários rituais. O suicídio coletivo foi cometido com a ingestão de um suco envenenado.

Não sei por que, mas lembrei dessa história um pouco antes de eu ingerir o chá. Virei o copinho. Já que eu estava ali, era pra abraçar o que viesse pela frente. Um gosto amargo de ervas. Pedi pro fantasma do papai me abençoar, me proteger etc. Olhei pro lado e vi o Júnior do 10 virando o copinho dele.

A gente está aqui é pra se jogar, né? Vou dar uma volta, ele avisou e saiu.

Tia Otília também desapareceu entre as mulheres de lenço na cabeça. Fiquei ali sozinha com o copinho vazio na mão. No canto da tenda havia uns bancos de madeira, fui pra lá e me sentei. Em pouco tempo me vi fora da tenda conversando com uma pedra que tinha um brilho muito intenso, parecia um extraterrestre. Não sei como fui parar lá e como fiz essa nova amiga pedra.

O André apareceu com asas fosforescentes. Ele tocava guitarra e seu cabelo estava supercomprido: parecia o vocalista do Yes. No segundo seguinte, ele cantava no palco com uma banda de libélulas gigantes. Davam um show e na plateia papai cantava e dançava. Parecia uns vinte anos mais moço. Perguntei pra ele se estava vivo. Ele fez não com a cabeça. Comecei a chorar. Ou senti que estava chorando, mas não tinha nenhuma lágrima escorrendo pelo meu rosto. Ele falou sem abrir a boca: Não fique assim, estou sempre com você, você sabe, né?

Depois um vento muito forte soprou na minha cara e me vi criança brincando com a Maria Fernanda, e ela murmurou: Você deixou de brincar, esse é o seu problema. E me puxou pelas mãos, saímos rodopiando e depois fomos jogar queimada com os meninos da rua. O Narquinho me acertou uma bolada na perna e queimou.

Corta.

Jim Jones está pregando pra uma multidão de pessoas. Ele está aqui na tenda da Fazenda Salamandras. Entre as pessoas que olham babando pra ele, estão minha mãe e eu, ela dançando meio vidrada, como se estivesse em transe.

Corta.

Estou na frente do Dakota olhando o John Lennon deitado na calçada e o Mark Chapman lendo O *apanhador no campo de centeio*. Yoko Ono faz uma performance em volta do corpo do seu amor assassinado.

Corta.

Estou na sala de aula, tem uma prova da faculdade, e vovó Teresa é uma das alunas. Ela está muito bonita. Morrer faz bem às pessoas, elas rejuvenescem, eu falo com a pedra, que me responde: Sim, é fato, mas a morte é solitária; por mais que se criem rituais coletivos, não se comunga o luto. Todo luto é particular, filosofa a pedra ET.

Corta.

Eu faço a prova e vou muito mal. O professor diz que estou reprovada, um professor que era a cara do Silas que me deu o copinho de chá. Ele me sacode e caio na real. Estou sentada no chão de terra, com a roupa toda úmida pelo orvalho da noite e a pedra nas mãos. Silas me ajuda a me levantar e vou pra dentro da tenda. Estou gelada. Ele me dá um cobertor, me enrolo com o corpo tremendo de frio. Ele me traz um copo d'água e fala numa voz que parece de cantor *new age*: Pra você bateu muito forte, sempre é assim quando a gente tem questões importantes pra resolver. Venha comigo, você vai descansar um pouco.

Ele me conduziu pra um colchonete, onde me deitei e apaguei. Não sei por quanto tempo dormi, quando acordei não vi o Júnior do 10 nem a minha tia. Me levantei meio tonta. Que chá era aquele? Vi o papai, a vovó, o André, eles pareciam tão próximos, tão reais... Olho pra pedra ainda nas minhas mãos, onde foi que encontrei você?, aperto contra meu peito, é um amuleto.

O que eu mais queria era tomar um banho quente e tirar aquela roupa. Fui em direção ao Fusca, lá eu tinha calça e camisetas sequinhas e limpas, andei pela trilha escura na noite, guiada pelas velas nas latas de leite moça. No meio do caminho vi um duende. Pisquei duas vezes. O duende sumiu.

Cheguei perto do carro, torcendo pra que tia Otília não tivesse trancado o Fusca. Ela tinha deixado aberto. Ufa. Entrei, fechei a porta, me troquei, deixei a roupa úmida do lado de fora, estendida no capô. Voltei pra tenda. O efeito do chá estava passando e eu sentia fome. Fui até uma barraquinha que servia sopa. Uma mulher com um cabelo vermelho muito comprido me serviu uma sopa de cenoura com gengibre com um tempero que eu não sabia o que era. Muito diferente de tudo que eu já havia experimentado. Perguntei o que era: Curry, ela respondeu, um tempero muito utilizado na culinária indiana.

Me sentei no mesmo banco de madeira e ali tomei toda a sopa, que achei deliciosa. Pensei nas Índias e na rota das especiarias. O chá fazia a gente voar de assunto pra assunto, um sem nada a ver com o outro. Parecia que eu estava sonhando. Olhei em volta: nenhum sinal ainda dos meus dois companheiros de viagem. Realmente era cada um por si. Quando terminei a sopa, vi que na tenda do tarô não havia ninguém na fila. Decidi me consultar. O efeito do chá estava bem mais suave. A pedra-amiga continuava na minha mão.

Abri a tenda e entrei. Lá dentro havia uma pequena mesa com duas cadeiras, uma em frente da outra. Sentada numa delas estava uma mulher de cabelo curto e vermelho — toda mulher *new age* tingia o cabelo de vermelho, mas essa não usava lenço —, seu nome era Meire. Ela disse com uma voz rouca: Bem-vinda, sente-se, por favor. Acendeu um cigarro e baforou pra cima, pro teto da tenda. Avisou que o tarô daquela noite seria muito poderoso, pois era um tarô de lua nova, tarô de lunação, e eu poderia pedir tudo o que quisesse de novo na minha vida.

Eu não sei o que pedir.

Se concentra em você, na sua vida.

A mulher embaralhou as cartas várias vezes. Soprou enquanto embaralhava. Rezou baixinho alguma reza que não identifiquei qual era. Pediu pra eu cortar o monte. Embaralhou de novo, virou as cartas na mesa, formando uma grande cruz. Olhei as cartas. Era a primeira vez que eu via cartas de tarô.

Li os nomes:

O Imperador.

A Sacerdotisa.

A Torre.

O Diabo.

O Louco.

O Enforcado.

Credo, coisa boa não parecia. A mulher olhou pra mim, olhos graves, acendeu outro cigarro, tragou a fumaça como se fosse o último ar da terra e soltou os ventos de nicotina e alcatrão em cima do pano que cobria a mesa. Começou falando sobre perdas e ganhos, sobre o passado e o futuro. Eu ouvi atentamente, mas a loucura do chá voltou e comecei a ver umas estrelas flutuando atrás da taróloga e a Sacerdotisa do tarô pairando no ar. A voz da Meire se tornou um mantra irreconhecível, como a ladainha de um padre na missa, nada que eu conseguisse entender naquele momento e pudesse lembrar depois.

O chá continuou me arrastando pra ele, a loucura tem muito poder, quando você menos espera ela dá o bote. E ficou assim por um bom tempo, até que a taróloga, antes de encerrar, quis saber se eu tinha alguma pergunta pro tarô. Não, eu disse. E depois me arrependi, queria ter perguntado do André, mas era como se o gato tivesse comido a minha língua, eu não tinha língua pra falar. Me levantei e agradeci. Ela baforou o cigarro e jogou a fumaça pra cima, na direção da Sacerdotisa Flutuante.

Depois ela baixou a cabeça e olhou pra mim com aquele ar que algumas pessoas que leem cartas e mapas astrais têm, um ar de quem sabe muito mais de você do que você mesma, um ar de dona do seu passado e do seu futuro. Do fundo desse lugar de Proprietária do Meu Destino, Meire declarou: Espero que você tenha entendido tudo o que o tarô quis te alertar.

Sorri, ou acho que sorri, virei as costas e saí da tenda. A Sacerdotisa flutuou atrás de mim. Fiquei me perguntando o que a taróloga tinha dito. Eu não fazia a menor ideia. A loucura do chá me distraiu durante a sessão, justo na hora que ela estava dizendo coisas importantes sobre minha vida. O que será que ela falou? Pensei em voltar, mas desencanei. Apertei a pedra na minha mão.

Do lado de fora, tudo estava bem mais vazio, as pessoas dispersas, cada uma num canto. Algumas sentadas nos banquinhos, outras deitadas nas esteiras dispostas no chão. Cada uma na solidão da sua própria loucura. Olhei as cabeças esparsas e nem sinal da tia Otília nem do Júnior do 10.

Num canto mais afastado, quatro mulheres estavam reunidas em torno de uma fogueira. Decidi me juntar a elas. Pedi licença e me sentei. A Sacerdotisa pairou sobre minha cabeça. Fiquei olhando pro fogo, as formas que apareciam me sugeriam imagens, era quase uma bola de cristal de fogo. Fiquei tentando adivinhar os significados. Vi as cartas de tarô. As figuras dançando de mãos dadas. A Sacerdotisa saiu do ar, entrou na fogueira, me olhou e disse: A vida é feita de samba-canção. Oi? Ela começou a tocar violão e a cantar uma coisa meio bossa nova. A Sacerdotisa virou a Nara Leão, que meu pai adorava. No fogo surgiu um banquinho, e ela se sentou nele com um violão. Fiquei ali assistindo ao show dela não sei por quanto tempo, quando de repente apareceu a tia Otília com o cabelo vermelho todo despenteado, a roupa amarrotada e uma cara insuportável de felicidade. A seu lado, um loiro bonitão de bata branca, calça branca e turbante alaranjado.

Esse é o Ed, astrólogo poderosíssimo. Um grande mago que sabe todos os segredos dos céus e da terra, das órbitas loucas que se misturam em nós e no mar.

Fez essa apresentação enquanto olhava pra ele hipnotizada. Ed me olhou com cara de mistério. Estendeu sua mão enorme pra mim e com uma voz melodiosa, como se fosse um ator, soltou um: Prazer.

Igualmente, respondi.

Eu vi a Sacerdotisa Flutuante indo embora, acompanhei seu voo e depois me virei pra minha tia: Você viu o Júnior?

Ele está com a Morgana.

Morgana?

Sim, a cigana.

Mais alguns momentos em frente ao cartão-postal que é o fogo, e vejo chegando o Júnior do 10 cheio de manchas de batom pelo rosto. A boca inteiramente borrada de pink. Ele se sentou ao meu lado e sorriu. Na sua cola apareceu Morgana, uma mulher voluptuosa vestida com roupas indianas e, claro, cabelo vermelho. Ela me olhou com ar desconfiado e se acomodou ao lado do meu amigo. Tomando posse dele. Ele babava por ela. Eu queria fazer perguntas, saber dela, estava com ciúmes, mas não conseguia falar nada. E mesmo que eu falasse, eles não iam me ouvir de tão entretidos que estavam nos poros um do outro. Do meu outro lado, tia Otília e Ed atracados, num amasso das--galáxias-dos-astrólogos-que-se-acham-poderosos.

A Sacerdotisa voltou com um duende, olhou pra mim e me deu um sorriso, que julguei compreensivo. Sorri de volta. Eu tinha frio, apesar de estar sentada a poucos centímetros do fogo. Poucas vezes me senti tão sozinha como naquela noite. Minha única companhia era um ser criado pela minha imaginação.

Acabamos dormindo todos na tenda maior, nos colchonetes que trouxemos. No dia seguinte, depois de tomarmos um chá normal, com pão e bolo voltamos pra São Paulo. A Sacerdotisa Flutuante veio junto comigo. Passei a chamá-la de Solidão Flutuante. Trouxe também a pedra ET, suvenir da minha primeira experiência de loucura: um pedaço de granito cinza com alguns pontos brilhantes, uma galáxia com suas constelações. Cada pessoa vê o que quer ou o que pode ver. Deixei minha pedra amuleto em cima da cômoda ao lado de um cristal que eu tinha ganhado da tia Otília, de um porta-retrato com uma foto minha com a Paulistinha e de um peso de papel de vidro vermelho no formato de coração.

O refresco que matou as novecentas e dezoito pessoas, entre as quais trezentas e quatro crianças e adolescentes, no Templo do Povo, a tal igreja do Jim Jones na Guiana, foi uma mistura de cianeto de potássio, calmantes e refresco de frutas. As pessoas fizeram fila pra beber o veneno que as levaria pro outro mundo. Aparentemente elas sabiam o que estavam tomando. Depois de dar a bebida a seus fiéis, o guru se matou com um tiro na cabeça. Oitenta e sete pessoas sobreviveram. Uma delas foi Laura Kohl, que não participou da onda coletiva, pois estava em Georgetown comprando comida pra comuna. Laura escreveu um livro contando sua experiência na seita. Disse que foi atraída pelas ideias de justiça social e racial propostas pelo Jim Jones e não percebeu quando a loucura foi chegando e se instalando. Pra ela foi uma surpresa quando voltou da cidade e viu seus amigos mortos.

As únicas mortes reais pro Antônio são as minhas. Quantas vezes ele pediu pra que eu contasse minuciosamente as minhas experiências. Era uma obsessão.

Que saco, Antônio! Vai ler um livro russo ou mais um policial. Mas não! Ele queria as minhas mortes. Perdi a conta de quantas noites ficamos na casa da vila, eu no sofá com um copo de cerveja na mão e ele, na minha frente, sentado num banquinho mais baixo, anotando minhas palavras no seu caderno de repórter. Depois ele comprou um gravador. E eu vivia ouvindo minha voz sair daquele pequeno bloco preto.

Play.
Eu.
Stop.
Play.
Eu.

Muitas vezes eu chegava tarde da editora e o Antônio estava lá no quarto dos fundos batucando letra por letra. Me lembrava o Jack Nicholson naquele filme das gêmeas, em que ele fazia o papel de um escritor que foi ficando louco e só escrevia páginas e páginas com a mesma frase: Trabalho sem diversão faz do Jack um bobão. Quando a mulher descobriu que o marido escrevia sempre a mesma frase em folhas e folhas, um calhamaço delas, ficou apavorada.

    Toda vez que eu pensava em ir ver escondida as coisas que o Antônio estava escrevendo, eu acabava recuando, com medo de ler frases inteiras repetidas mil vezes e descobrir que ele estava tendo a mesma sina do personagem do Jack Nicholson e que um dia se tornaria uma ameaça pra mim.

8. Atrás da minha rua tem um mundo

A volta da Fazenda Salamandras não aliviou minha fossa, pelo contrário, piorou. Júnior do 10 e Morgana engataram um romance. Tia Otília e Ed engataram um romance. Eu engatei uma solidão.

Eu estava começando a me conectar com as pessoas da faculdade, mas ainda não tinha feito nem um amigo ou amiga. Eu achava todo mundo muito articulado, muito sabido, muito lido, as aulas eram uma exibição de sabedorias e eu ficava na minha, achando que me faltava uma posição política clara — apesar da influência do meu irmão. Me faltavam ainda leituras dos clássicos, uma compreensão dos filósofos, me faltavam viagens e por isso eu ficava quieta no fundo da sala só ouvindo as moças e os moços desfiando suas vozes cheias de aventuras e certezas.

Eu tinha uma insegurança profunda e aparentemente irremovível, a certeza de que era uma impostora e que, se abrisse a boca, iriam descobrir minha ignorância e inadequação. Além disso, a minha dureza financeira, que depois da morte do papai ficou gritante, me fragilizava ainda mais. Como iria pagar as prestações da faculdade? Essa foi uma questão que a mamãe me colocou claramente logo nos primeiros dias: Vai ser difícil a gente pagar a sua faculdade. Ou você arranja um trabalho, ou tenta uma universidade pública. Eu queria continuar na PUC, então fui atrás de uma bolsa de estudos. Apareci na secretaria, contei minha história, falei do impacto da perda repentina do meu pai na vida e nas finanças da família, preenchi uns papéis, conversei com dois diretores e algumas semanas depois recebi a resposta: setenta por cento de desconto na mensalidade. Foi o primeiro grande dinheiro que recebi na vida, e foi muito celebrado lá em casa pela mamãe.

Fiquei com vontade de me envolver mais no Diretório Acadêmico e nas frentes de luta por mais bolsas na PUC. Comecei a frequentar as reuniões. Nas primeiras vezes, eu entrava muda e saía calada. Era muita gente falando ao mesmo tempo e eu não tinha eloquência social pra me posicionar. De qualquer forma, essas reuniões me fizeram sair do meu umbigo, me ajudaram a entender melhor meu irmão e como deve ter sido difícil viver de perto os momentos mais duros da ditadura. Agora, com o país à beira da abertura, a história era outra. A luta tomaria nova forma, ainda não se sabia direito qual.

Essa nova vida de universitária foi me distanciando cada vez mais da minha vida antiga, da minha rua. Foi como se meu mundo tivesse deixado a costa e entrado em alto-mar. Eu via novos horizontes. Minhas amigas de infância trilhavam caminhos diferentes, namoravam surfistas que desciam pro Guarujá toda sexta-feira depois das aulas pra pegar onda, tomar milk-shake, comer hambúrguer e falar de amenidades. Pra mim eles faziam parte de um porto pro qual eu não conseguiria mais voltar.

E meus horizontes se ampliaram ainda mais num sábado de manhã, quando eu estava em casa lendo e a campainha tocou. Era o Marcelo, meu irmão.

Cabeludo. Descabelado. Magro. Com roupas que eu nunca tinha visto ele vestir, um casaco de couro no calor ardido do verão paulista. Tinha um sorriso cansado no rosto. Ao seu lado, uma menina bem mais nova que ele, de boina. Estávamos em São Paulo, em 1984, e eu nunca tinha visto uma menina usar boina. Que cidade grande era essa, com mais de oito milhões de habitantes — metade mulheres — em que nenhuma usava boina? Aquela figura exótica e tão linda estava bem ali na porta de casa.

Bonjour, ela disse. Seu sorriso tinha duas covinhas. *Bonjour*, eu respondi.

Voilà, voltei, irmãzinha, ele disse.

Minha mãe apareceu na porta e quase desmaiou.

Marcelo apresentou a moça da boina: Essa é a Joana.

Joana soltou um *bonjour* pra minha mãe, que demorou pra responder, de tão surpresa.

Abracei meu irmão com muita alegria. Joana entrou e logo se fez à vontade em casa. Marcelo deu um beijo estalado na minha mãe, outro na Fátima e anunciou: Voltei e trouxe minha namorada. Vamos ficar uns dias por aqui.

Fátima falou carinhosamente: Vou arrumar o quarto de vocês, Marcelo.

Os dois subiram com as malas, deixando minha mãe absolutamente muda e eu muito contente porque nossa casa teria enfim um assunto novo.

A grande manifestação seria no Vale do Anhangabaú. Jornais convocavam as pessoas: Diretas Já. O fim da ditadura era um alívio, porque Marcelo poderia voltar a viver no Brasil, sem medo de ser preso ou morto, como havia acontecido com vários amigos dele. Aliás, ele só não tinha sido preso por sorte, ou milagre, porque muita gente que ele conhecia acabou nos porões do Dops e de lá não saiu. Os que saíram voltaram pra casa com traumas insuperáveis. Tinha sido assim com o Pedrinho, a Márcia, a Eleonora da rua de cima, amigos do Marcelo da USP que estavam sempre em casa. Eu conheci especialmente a Eleonora e quando ouvi do meu irmão a lista de torturas que eram praticadas e que ela deve ter sofrido uma ou mais ou todas, achei que ela nunca mais se recuperaria. Como se recuperar de tamanha violência?

Pau de arara. Alicate na unha. Choque elétrico. Cadeira do dragão. Telefone. Cabeça afundada num balde cheio de água até a pessoa quase perder o fôlego. Geladeira. Palmatória. Porrada. Muita porrada. Estupros em mulheres e homens de todas as idades. Estupros em mulheres grávidas. Tudo isso foi cometido por homens que viviam na escuridão da covardia.

E o povo não fazia a menor ideia do que realmente rolava. Os jornais não noticiavam nada. O país vivia atrás das grades invisíveis da censura. Meus amigos da rua não sabiam de nada disso. A mãe da Maria Fernanda, a dona Adélia, e os pais do Júnior do 10 também não. Ninguém tinha a mais vaga ideia do que acontecia de fato nos porões do país. A minha família sabia um pouquinho por causa do Marcelo e de uma prima distante com pendores comunistas. Mas não se mencionava esse assunto na Páscoa ou no Natal. Era tudo muito proibido.

Na noite em que o Marcelo nos abriu os horrores da tortura que seus amigos sofreram, estávamos no salão de casa, Joana, Sérgio, Bia, ele e eu. Todos sentados em volta da grande mesa, que recebia os encontros mais importantes da minha família. Mamãe tinha subido pra ir dormir. Ficamos tomando cerveja e ouvindo meu irmão. Todo mundo quieto. Só a voz dele, cansada e triste, ecoava. No fim, ele enfatizou:

Por isso é tão importante que a gente vá em peso pro Anhangabaú.

Marcelo tirou de uma sacola de papel algumas camisetas e distribuiu. Peguei a minha. Era uma camiseta preta com um quadradinho branco e um X dentro. Em cima, a frase também em branco:

Eu quero votar pra presidente.

Meu pai nunca gostou das atividades políticas do Marcelo. Achava que ele poderia ser preso e manchar pra sempre a vida dele e da nossa família. Sem falar que poderia morrer na prisão. Ele martelava essas palavras no ouvido da minha mãe sempre que meu irmão chegava em casa abatido. Meu pai e o Marcelo tinham uma relação difícil. Sem conversas, sem abraços, sem futebol, sem cerveja dividida no almoço de domingo. Os homens de casa eram quietos. Todas as vezes que o Marcelo se reunia com seus amigos comunistas no quartinho dos fundos, meu pai chamava minha mãe:

Odila, até que horas essa rapaziada vai ficar aqui? O que eles tanto fazem lá?

Trabalho de faculdade, Ary.

Uma pinoia, Odila. Eles estão montando um aparelho aqui em casa. Daqui a uns dias vamos acordar com os militares invadindo a nossa sala e levando o Marcelo pra prisão. Isso se não levarem a gente também.

Meu pai se queixava, mas nunca impediu nenhuma reunião. Acho que ele esperava que minha mãe tomasse essa atitude por ele, o que ela nunca fez.

No dia seguinte ao comício, os jornais deram: mais de um milhão e quinhentas mil pessoas se juntaram no vale do Anhangabaú pra pedir Diretas Já. Foi emocionante. Tocaram o hino nacional. Acompanhei tudo ao vivo com lágrimas e um novo sentimento no peito, a emoção de chorar pelo meu país. Emoção de ver que o Brasil finalmente enxergava uma luz no fim do túnel macabro daquela ditadura horrorosa que durou toda a minha vida.

Ali no Anhangabaú a nossa história começava a mudar. No ar uma eletricidade visível a olho nu. As leis da física estavam sendo desmoralizadas em pleno centro de São Paulo — sim, muitos corpos podiam ocupar o mesmo espaço.

Montaram um palco com atores, atrizes, políticos, músicos. Em volta de mim, um mar de gente que finalmente tinha saído de casa depois de vinte anos com medo dos militares e seus cassetetes. Bocas caladas agora soltavam seu vozerio na noite cinzenta da maior cidade da América do Sul.

A ditadura morria em praça pública.

Brancos pardos negros marrons ruivos altos magros gordos loiros grisalhos despenteados compridos atarracados carecas de óculos de cadeira de rodas de bengala de shorts de vestido de pantalona de bolsa de couro. Eram muitos brasileiros celebrando os novos ventos, mais progressistas, que sopravam.

Ficamos do lado esquerdo do palco. Marcelo, Joana, Bia, Sérgio, Júnior do 10, Morgana e eu. Morgana contou que o sol estava em Áries, o que era propício pra um evento como aquele. Bia ouviu isso e me olhou com cara de Quem é essa?

Morgana foi à manifestação vestida de hippie *new age*. Júnior do 10 parecia um guru indiano, com uma túnica branca, turbante na cabeça — agora ele vivia de turbante e tinha adotado uma dieta macrobiótica — e muitas pulseiras. Os dois estavam numa paixão irritante e não se desgrudaram nem quando a Fafá de Belém cantou *Vem vamos embora que esperar não é saber*. Olhei em volta e me pareceu que só havia casais, todo mundo acompanhado. Cabeças emparelhadas com outras cabeças.

Menos eu. Minha cabeça era solitária, apesar da multidão ao meu redor.

Joana foi de boina. Fazia mais de um mês que ela e o Marcelo tinham tocado a campainha de casa. E eu ia conhecendo melhor a menina francesa que havia conquistado meu irmão. Ela foi a primeira pessoa que me levou a olhar pra além do meu quintal. Atrás da minha rua existia uma cidade, um país, um mundo com cheiros, gostos e sotaques diferentes. Fiquei fascinada pelo jeito dela, pelos gestos, por sua forma de falar e se vestir. Ir ao comício com ela representava pra mim ser aceita no universo da maturidade, e fiquei feliz em desfilar, orgulhosa, essa minha nova condição.

Sou madura e quero votar pra presidente.

Daquele palco eu me lembro muito do Lula. Fiquei totalmente atordoada, como eu tinha ficado com o Freddie Mercury. O Lula parecia um cantor de rock, mas em vez de música ele cantava política. E quando falava o povo ficava hipnotizado, ouvindo aquele barbudo mostrar uma força que parecia vir das crateras mais profundas da natureza. Terminado o comício, fomos a pé pra rua Augusta comer num restaurante de esquina meio sujinho. Naquela noite celebramos, bebemos juntos, e os anos de diferença entre meus irmãos e eu se achataram. Ficamos lá até não sei que horas da madrugada e quando chegamos em casa, bêbados, nos abraçamos no pé da escada. A minha casa ficou diferente naquela noite, uma casa bêbada e feliz.

Joana e Marcelo alugaram um apartamentinho, que encheram com móveis improvisados. Caixotes do Ceasa viraram estante e almofadões no chão se tornaram sofá. Na parede da sala, o pôster do Che Guevara: *ENDURECER-SE SIN PERDER LA TERNURA JAMÁS*. No quarto deles, um pôster do *Dark Side of*

The Moon, do Pink Floyd. Na cozinha, apetrechos e livros franceses de culinária. Passei muitas noites ali com a Joana. Marcelo ia dar aula no cursinho e nós duas ficávamos em casa conversando, ela me ensinando a cozinhar, eu ensinando o nome dos ingredientes em português.

Carottes? Cenoura. *Courgette*? Abobrinha.

Apesar de Joana ter aprendido português em casa com os pais, muitas palavras lhe faltavam. Eu era a tradutora do português e ela me traduzia uma vida livre. Eu ainda não tinha conhecido ninguém assim tão livre; até tia Otília, apesar das aparências, tinha suas prisões antigas. A Joana não. Nada a prendia. Sua existência parecia flutuar num ar de alegrias e movimento. Muito diferente das meninas que eu conhecia, todas fincadas no pequeno pedaço de planeta que eram suas casas. A Joana era da rua. Ela me contou dos pais, Carla e Paulo, que eram cariocas e tinham ido pra Paris estudar antes do golpe militar. Lá tiveram seus filhos, voltaram depois de 1964 por um curto período e, quando perceberam que a situação política no Brasil se agravava, emigraram de vez. Ela falou do estranhamento de ser estrangeira, da dificuldade de se adaptar ao Brasil e de seu sentimento pelo Marcelo. Disse que acreditava em liberdade no amor. Não gostava de se ver presa num casamento em que não houvesse a possibilidade de olhar pro lado, de beijar outros homens — e mulheres, por que não? —, conhecer outras pessoas. Acreditava em casamento aberto. Eu nunca tinha pensado no casamento como uma porta, que se fechava ou se abria. Achei interessante, mas parece que o Marcelo não compartilhava dessa filosofia, pois, logo nos primeiros meses morando juntos, eles começaram a brigar muito, e várias vezes ela me chamava pra sair, tomar café, conversar, ir ao cinema. E enquanto ela e meu irmão se distanciavam, nós nos aproximávamos, ela dizia que eu era sua irmã caçula. Eu me sentia mais confortável com ela do que com a Bia e, pela primeira vez na vida, me abri de verdade com uma pessoa. Falei de mim. Contei do André, da falta de intimidade com a minha mãe, contei da tia Otília, como ela era próxima de mim e ao mesmo tempo distante, como eu não confiava no que ela dizia, como se estivesse sempre discursando pra um público invisível; ela prometia uma coisa e nunca conseguia cumprir. De todo modo, minha tia era muito carinhosa comigo. Contei do meu pai, do choque que foi sua morte repentina e de como ele era alheio à família, exatamente como meu irmão. Ela ouvia atenta. De vez em quando pedia pra eu explicar uma ou outra palavra. E ao contar de mim pra ela, eu me descobria também.

O tempo está sempre morrendo e sempre nascendo. Morre o instante velho, nasce um novo, que morre, nasce outro, e por aí vai, numa fila indiana de instantes que não param nunca. Nesse ritmo, que às vezes anda mais lento, às vezes mais rápido, algumas histórias continuam, outras acabam de forma abrupta e dão espaço a novas tramas com novos personagens.

Tancredo Neves foi eleito presidente por voto indireto — por deputados do Congresso Nacional — em 15 de janeiro de 1985, mas nem chegou a tomar posse, porque foi internado no Hospital das Clínicas com fortes dores abdominais. Ali ficou numa agonia que durou trinta e oito dias. Uma novela diariamente exibida nas páginas dos jornais e nos telejornais, como um folhetim.

Na PUC não se falava de outra coisa, disseram até que ele já estava morto quando apareceu numa foto ao lado dos médicos. Olhando bem pro seu corpo meio arriado, parecia mesmo um morto-vivo.

O tempo acabou pro Tancredo no dia 21 de abril de 1985. Depois de vinte e um anos — e eu com os meus quase vinte —, o Brasil finalmente teria um presidente que não era militar: José Sarney.

Eu não fazia a menor ideia de quem era ele, só sabia que ele não tinha estado no palco das Diretas Já. O que já era uma pista.

Em meio a essas borbulhas políticas que pipocavam e alteravam o destino do Brasil, a vida lá em casa também mudava. Num fim de semana fui convidada pelo Marcelo a ir pra Ubatuba com ele e a Joana. A gente ia ficar numa casa emprestada de um amigo dele. Fomos os três numa sexta-feira à noite, no fusquinha da mamãe. Chegamos a um lugar lindo, diante de uma casa toda de concreto e vidro. Descarregamos e preparamos o jantar. Joana fez uma massa deliciosa com sardinha e tomate, tomamos cerveja e conversamos sobre política, o único assunto que meu irmão sabia conversar. Fui dormir tarde num quarto só pra mim. Estava feliz de estar ali.

O sábado amanheceu com um sol lindo e decidi ir nadar. O mar estava calmo, parecia uma piscina. A praia vazia. Entrei na água e fiz um plano de cruzar toda a extensão da praia a nado. Ela não era muito comprida. Aprendi a nadar na piscina do clube, não tinha intimidade com o mar. Comecei a dar braçadas no ritmo da respiração, cabeça de um lado e de outro, de um lado e de outro, aos poucos meu corpo se adaptando a essa cadência. Até que de uma hora pra outra um vento repentino e bruto irritou a calmaria e o mar mudou de temperamento. Parecia outra praia, outra água. Uma correnteza começou a me puxar fortemente pro fundo, o mar parecia alguém que de repente tinha ficado muito bravo comigo. Perdi o ritmo, perdi a respiração, meu coração acelerou, tentei colocar o pé no chão, estava fundo, muito fundo. Voltei à posição do nado, mas já muito nervosa. No horizonte bambo apareceu a Sacerdotisa Flutuante.

Você? Ela me olhou com uma expressão séria. Apareceu também o papai comigo no colo, eu bebê. Pensei: Vou morrer agora. Uma onda cobriu minha cabeça, virei, revirei. A Sacerdotisa falou sem falar, Calma. Respira e boia. Virei de barriga pra cima e comecei a boiar, e imagens aleatórias invadiram meus olhos cheios de sal.

Tia Otília tomando uns drinques ao lado do ator pornô.

André e sua boca sorrindo pra mim.

Mamãe com seu ar grave.

Vovó Teresa no caixão, abraçada ao Clark Gable.

A cada quarenta segundos uma pessoa comete suicídio no mundo, vi a boca do Júnior do 10 me falando isso.

Papai batendo o carro. A porrada estava ali na minha frente. Pow! Apareceu um *splash* feito o seriado do Batman.

Respira!

A Sacerdotisa me pegou no colo. Respira!, ela ordenou.

Aos poucos fui respirando, me acalmando. O coração do mar também pareceu mais quieto e, numa calmaria entre as ondas, nadei em direção à areia. Depois do que pareceu uma eternidade, cheguei em terra firme. Quando pus os pés no chão, desabei. Fiquei um tempo deitada na areia dura, depois me sentei de frente pra aquela água louca que voltou a se agitar e depois a se acalmar. Lágrimas desciam com liberdade pelo meu rosto. Estava exausta.

Marcelo e Joana chegaram na praia. Marcelo olhou pra mim, acho que quis perguntar se estava tudo bem, mas não perguntou e entrou correndo no mar. Joana estendeu uma canga ao meu lado.

Tudo bom?

Sim, respondi. Estou aqui admirando esta praia linda.

Não quis contar sobre a minha quase morte. Seria um segredo meu. Se eu falasse, revelaria minha fragilidade, minha inabilidade com o mundo enorme do mar. Permaneci em silêncio. Joana se levantou e foi pra água. Eu me levantei e saí da praia.

Um dos melhores amigos do Marcelo era o Bernardo. Eles se conheceram desde cedo na escola. Ele era charmoso, loiro de olhos azuis, alto e de cabelo encaracolado, e naquela tarde Bernardo apareceu na casa da praia pra passar o resto do fim de semana com a gente. Veio conhecer a Joana. Os dois engataram uma conversa com brilho nos olhos, os olhos deles soltavam faíscas enquanto conversavam. Marcelo aparentemente não notou essa galáxia em movimento ou, se notou, fingiu que não era com ele. Fiquei um tempo ali só ouvindo Bernardo se exibir pra Joana e vice-versa. Depois de duas ou três caipirinhas e de uns dois baseados, me levantei quieta e fui pro quarto. Me deitei na cama e apaguei.

No dia seguinte acordei primeiro que todos, fiz café preto, um sanduíche de queijo e fui pra praia. Não pretendia entrar de novo no mar, naquele mar não mais, estendi a canga na areia e abri meu livro. Não lembro qual era, acho que eu estava na fase do Nelson Rodrigues, lia tudo dele. Me entretive por várias horas — acho que era *Bonitinha, mas ordinária* — e, quando me dei conta, o sol estava alto. Dei um mergulho na beirinha do mar, muito na beirinha mesmo, quase me deitando na areia, e voltei pra casa. Quando entrei, vi a Joana e o Bernardo na mesa do café da manhã.

Bom dia, eu disse.

Bonjour, ela respondeu. Está vermelha você. Nossa!

O sol está ótimo, a praia supertranquila. Cadê o Marcelo?

Acho que está no quarrrto, ela disse com seu sotaque charmoso.

Enquanto ela falava, Bernardo babava. Me deu raiva e fui

atrás do meu irmão. Bati na porta do quarto dele: Entra, ouvi. Ele estava deitado de olhos fechados, com uma expressão de péssimos amigos, como diria papai.

Está tudo bem?, perguntei.

Uhum, ele mentiu. Só tô com muita dor de cabeça, abusei da cachaça.

Que horas a gente vai embora?

Almoçamos e vamos.

Descansa, falei. Quer uma aspirina?

Ele já tinha tomado. Saí do quarto triste por ele. Acho que a nossa família não tinha muita sorte no amor, a não ser a Bia, claro, que tinha sorte em tudo. Voltei pra cozinha, os dois haviam se dispersado. Bernardo estava deitado na rede da varanda, lendo jornal. Joana lavava a louça. Ajudei a tirar a mesa. Ela anunciou que ia dar um pulo no mar e depois preparar o almoço. Não me deu vontade de conversar nem de ir junto, nem de ajudar no almoço, então voltei pro quarto. Só saí de lá quando a mesa estava posta. Nos sentamos os quatro e comemos naquele climão pré-fim. Silêncio com barulho de garfo. Depois fomos arrumar nossas coisas.

Bernardo ia dali pro Rio, a trabalho, então se despediu de nós na porta da casa, e de um jeito muito sem graça. Uma amizade que vinha do jardim de infância acabava ali na beira do mar que parecia calmo, mas não era.

No fusquinha da mamãe, Joana se sentou atrás e eu fui na frente, ao lado do meu irmão, que dirigiu mudo todos os infindáveis quilômetros que separavam a praia da minha casa, em Perdizes, São Paulo. Durante aquela eternidade fiquei ouvindo a fita cassete do Pink Floyd e pensando na minha quase morte no mar e na mais que morte do amor. Acendi um baseado e traguei, e vi a Sacerdotisa Flutuante no meio da estrada.

A Joana me chamou pra ir ao Conjunto Nacional num sábado à tarde, mais ou menos um mês depois da nossa viagem à praia. Nos sentamos num café, pedimos dois expressos e duas águas com gás e aí ela despejou.

Me apaixonei, Alice. Você estava lá. Você viu. Foi paixão fulminante dos dois lados, não deu pra segurar, ela disse com seus erres arrastados e suas sílabas tônicas no lugar errado.

Eu tentei ficar casada. Mas casamento não é pra mim. Gosto muito do seu irmão, mas nunca me olharam da forma como o Bernardo me olhou. Eu por mim continuaria com os dois, mas sei que não é assim pra todo mundo. E que os homens brasileiros nunca iriam entender, ela continuou.

Você já conversou com o Marcelo?

Estamos conversando todas essas semanas, mas a conversa definitiva será hoje. Estou triste e quero te dizer que você mora no meu coração, tenho um carinho enorme por você, como se fosse uma irmã, minha irmãzinha. Não quero te perder também.

Fiquei olhando pra ela sem saber o que dizer. Eu entendia Joana, ou gostaria de entender, mas do outro lado dessa história estava meu irmão. Olhei com tristeza praquela moça charmosa e também com inveja. Depois de alguns minutos desconfortáveis, eu respondi: Vamos dar tempo ao tempo, mais pra frente a gente volta a se falar. Ela concordou, pedimos a conta e nos levantamos.

Ela se aproximou e me deu um abraço forte. Pediu desculpa e disse mais alguma coisa em francês que eu não entendi.

Espero que você seja muito feliz, falei. Virei as costas e saí da cafeteria.

Entrei na livraria ali ao lado meio barata zonza e fui atrás de um livro pra faculdade. Comprei, paguei e voltei pra casa pensando na estranheza do amor, nos encontros que mudam a maré das coisas e dão um caldo de mar bravo nos casamentos. Estava triste pelo meu irmão. Mas também nunca vou esquecer do primeiro olhar que o Bernardo e a Joana trocaram — eu vi. Ali se formou uma onda gigantesca, uma onda eletromagnética que revirou as profundezas dos mares. Impossível conter a loucura das águas.

No dia seguinte, Marcelo apareceu cedo em casa. Estávamos minha mãe e eu na mesa do café da manhã. Ele se sentou e falou:

Estou me separando. Posso ficar um tempo aqui até descobrir o que vou fazer?

Afundei a cabeça no meu pão com manteiga. Minha mãe: Como assim?

Joana se apaixonou pelo Bernardo.

O quê?

Mãe, não quero falar sobre isso. Posso ficar aqui?

Esta casa é sua, meu filho. Sempre será.

Fátima entrou na sala com um bolo de fubá quentinho. Ninguém quis comer.

Marcelo se levantou com a xícara de café e foi pro quartinho dos fundos, onde ele tinha se instalado com a Joana quando chegaram da França, onde, em tempos que pareciam tão antigos, se encontrava com seus amigos subversivos, e onde ainda estavam seu violão, alguns livros, uma poltrona velha, uma estante caindo aos pedaços e alguns centímetros quadrados de mofo que, por mais que se limpasse, nunca iam embora.

Assim que Marcelo saiu da mesa, minha mãe disparou: Sempre achei que essa moça tinha uma moral duvidosa. Nunca engoli essa relação deles.

As pessoas se apaixonam, mamãe. Achei que ela foi bem honesta abrindo o jogo.

Isso se chama traição. Ao menos é o nome que se dava na

minha época. E justo com o melhor amigo dele! Que disparate. Seu irmão, que já é retraído, vai ficar pior, você vai ver.

Não quis prolongar a conversa, fui pro meu quarto. Me deitei na cama e fiquei olhando os planetas fosforescentes que eu tinha grudado no teto. Liguei meu som e coloquei Rita Lee — "Mamãe Natureza" — pra tocar.

No fim de semana em que Marcelo tirou definitivamente as coisas do apê deles, Joana foi pra Ubatuba com o Bernardo. No domingo à noite, quando voltavam pra São Paulo, uma Brasília velha que vinha no sentido oposto da Rio-Santos perdeu o controle, atravessou a pista e bateu de frente com o Fiat 147 em que eles estavam. Bernardo não sofreu um arranhão. O motorista da Brasília, que estava totalmente embriagado, só machucou o ombro, nada demais.

Joana morreu na hora.

Ela tinha acabado de completar vinte e quatro anos.

Antônio nunca falava da sua família. Era sempre um mistério. Eu perguntava da mãe, do pai, das sete irmãs.

O que eu sabia:

Os pais moravam em Colina, uma pequena cidade do interior de São Paulo, numa chácara. Foi lá que o Antônio cresceu. Mas ele nunca gostou de roça, de bicho, de planta. Não se dava muito bem com as irmãs, só por uma ele tinha um carinho especial, a Gisele, que era cabeleireira em Barretos, a terra da festa do boiadeiro. O pai era calado, a mãe cozinhava muito bem. Ele teve uma namorada de adolescência, a Soraya — mesmo nome que ele deu pra detetive do seu romance. A relação dos dois esfriou quando ele entrou na faculdade de matemática em Ribeirão Preto. E acabou de vez quando ele veio pra São Paulo.

Antônio não tinha amigo ou amiga. Era só eu.

Ele conhecia toda a minha família e, por isso, tinha um retrato mais claro de mim. Toda origem é reveladora.

Não saber muito do passado dele hoje me explica muita coisa.

9. Alice Baby, ou todas as Alices anteriores

Nunca vou me esquecer da expressão do pai da Joana, do vazio em seus olhos e de como sua cabeça ficou totalmente grisalha no tempo do voo Paris-São Paulo. Em dez horas, seu cabelo embranqueceu. Fiquei sabendo que isso era raro, mas que poderia acontecer de a pessoa acelerar brutalmente o relógio do corpo por causa de um sofrimento gigante.

Também nunca vou me esquecer da beleza do rosto sofrido da mãe da Joana. Eu não conseguia parar de olhar pra ela, hipnotizada pela beleza magnífica que ela exibia diante da morte da filha.

Depois de umas músicas budistas, tocou "What a wonderful world" na voz do Louis Armstrong; era a música preferida da Joana.

Eu chorei. Bernardo chorou.

Marcelo não chorou.

Minha mãe não derramou nem uma única lágrima. Bia também não. Lembrei da Fátima falando da tristeza dos bichos quando o periquito morreu. Ou foi o mico? Ela falou mais ou menos assim: Quando morre um igual, a gente sente como se a gente tivesse morrido.

A Joana era minha igual. Naquele dia eu morri também. Mais uma vez, eu morri.

Minha mãe perdoou a traição da Joana, pois mandou ampliar uma foto linda dela e colocou num porta-retrato em cima do móvel de madeira do vovô, que exibia imagens de toda a família. Foi como se a Joana morta tivesse enfim adquirido o direito de fazer parte do nosso imperdível clã.

Depois do enterro, Bia resolveu apressar seu casamento com o Sérgio e a cada duas frases ela dizia:

A vida é curta, vou curtir. Tchau, gente, vou sair um pouco, a vida é curta, vou curtir. Sérgio e eu decidimos marcar a data do casamento, a vida é curta, vou curtir.

Eu achava esse trocadilho da Bia idiota. Ela sempre fazia piada de tudo, parecia que não levava nada a sério. Uma noite, um pouco depois da morte da Joana, gritei com ela:

Porra! A mulher do seu irmão morreu e você fica com piadinhas?

Ela não era mulher do Marcelo, era namorada, ela disse, aliás que bela namorada, hein, chifrou ele com o melhor amigo. Sinto muito, mas essa é a pura verdade. E finalizou seu discurso soprando no meu ouvido bem baixinho:

A vida é curta, vou curtir. E você deveria fazer o mesmo.

Entrou no seu quarto, batendo a porta na minha cara.

Dias depois da morte de Joana, o Júnior do 10 apareceu em casa. Fazia muito tempo que eu não o via, desde as Diretas Já. Ele estava diferente. Usava uma barba grande, óculos novos e uma bata colorida, como aquelas usadas pelos macrobióticos que ficavam no farol da Paulista. Estava muito magro e pálido. A gente subiu pro meu quarto, sentei na cama, ele na cadeira, coloquei um disco dos Beatles, ele esperou a primeira música tocar e aí soltou:

A Morgana me abandonou de uma hora pra outra, alegou que não dava mais, que sou muito novo etc. E desapareceu feito fumaça de incenso.

Ele continuou falando e me deu pena. Por que eu não tinha me apaixonado por ele? Meu amigo querido, por quem eu sentia tanta afinidade. Seria mais simples, agora, por exemplo, a gente estaria namorando, ele não estaria sofrendo pela Morgana, eu não sofreria pelo André, ele me consolaria pela perda da Joana, eu pouparia seu corpo de tanta palidez. Mas a vida não é assim. As coisas não acontecem como a gente quer. Pelo menos não pra mim e pro Júnior do 10. Pra outras pessoas eu achava que a vida era mais doce, mas não pra nós. Enfim. Estendi os braços pra ele e nos enroscamos um no outro. Naquele abraço estéril de sexo. Enquanto isso, os Beatles empacaram no disco riscado bem no meio do solo de guitarra de "While my guitar gently weeps".

O tempo andou e um dia, como num passe de mágica, decidi abandonar a tristeza e fui cortar o cabelo numa cabeleireira em frente à PUC. Assim que me sentei na cadeira, pedi: Quero curto e torto.

Eu tinha cabelo loiro, enrolado até o meio da cintura desde

adolescente, e agora, adulta, estava na hora de mudar. Quem sabe cabelo curto não dá mais sorte? A cabeleireira Carol insistiu:

Tem certeza? Seu cabelo é tão lindo...

Absoluta. Pode cortar. O que sobrar você guarda pra fazer peruca e doar.

Depois de uma hora, saí de lá uma nova Alice. Me sentia com outra alma e até com mais disposição, passava na frente das vitrines e ficava me admirando. Nas ruas sentia as pessoas me olhando.

Fui pra aula de literatura e me sentei no fundo da sala, ao lado de um menino que eu já tinha visto por lá algumas vezes, eu simpatizava com ele. Nando. Ele sorriu pra mim e falou baixinho:

Você ficou linda com esse cabelo novo.

A partir daquele momento a gente virou unha e carne. Nando foi o primeiro cara gay assumido que conheci de perto. Era desbocado, descarado, desavergonhado e livre, como a Joana era. Nenhum assunto era tabu pra ele. Era judeu, filho temporão de pais muito conservadores, e tinha uma irmã bem mais velha que ele e tão mal-humorada quanto a Bia. Nando era uns três anos mais velho que eu. Morava no Butantã e, graças a ele, cruzei o rio Pinheiros pela primeira vez e conheci o outro lado da cidade. Aliás, ele me apresentou muitos outros lados de São Paulo e da vida.

Bom Retiro. Sauna Gay. Sushi e Sashimi na Liberdade. Karaokê. Festival Woody Allen. Comidas judaicas com nomes difíceis de pronunciar. Rezas diferentes. Cabala aos quarenta e dois anos, só pra homens. Rabino. Sinagoga. Quipá. Candelabro. Estrela de cinco pontas. Judeus ortodoxos não pegam nem elevador aos sábados. Salas de cinema são salas de pegação, com paus enfileirados esperando os fregueses. Banheiros também. Godard na madrugada da praça Roosevelt. Rua José Paulino boa pra comprar roupa barata. O Brás tem homens bonitos que trabalham nas lojas de couros e serralherias. Caio Fernando Abreu, você já leu? Parque da Aclimação é pequeno, mas é lindo. Embu das Artes aos domingos. São Paulo tem dez ratos pra cada habitante. Lira Paulistana tem shows incríveis. Já ouviu Itamar Assunção? Videoclipe, vamos fazer um? Roteiro, edição, direção? Páscoa judaica se chama Pessach. Vamos pegar o Penha-Lapa até a Penha? Espaço Off tem performances maravilhosas. Sexo tem perversões. E todo mundo tem suas encanações na frente do espelho. Tem gente com distúrbios psiquiátricos muito graves, o livro *Sibil* conta a história de uma menina que tinha dezessete personalidades. Riviera é bom de madrugada. Longchamp é bom a qualquer hora.

Aprendi tanta coisa com o Nando.

No pouco tempo que durou nossa amizade neste planeta, eu passei de Alice A pra Alice B, de Alice B pra Alice C e, delas, pra Todas as Alices Anteriores. Conheci muitos mundos com o Nando. E tudo começou com aquele corte de cabelo. Incrível como uma tesoura afiada pode mudar o rumo da história. O cabelão pesava, me deixava presa à adolescência, à casa da minha mãe, ao meu passado. Com o cabelo curto eu me impulsionava pra outros caminhos. E comecei a seguir os conselhos do Nando, que sempre me dizia:

Não dá pra ficar com essa pose de viúva de homem vivo. Você é jovem, bonita, está moderna com esse cabelinho curto, vá à luta, Baby.

Ele me apelidou de Baby porque eu era bem magrelinha, e porque a gente cantou muito aquela música do Luiz Melodia — "O sol não adivinha, baby é magrelinha" — no show que fomos juntos no Tuca. Obedeci ao meu amigo. Comecei a sair com vários caras. Rica. Rodrigo. Mauro. Luiz. Outro Luiz. Alemão. Zé. Paulinho. Beijei todos, dei uns amassos mais fortes em alguns. Mais nada.

O André ainda estava muito vivo em mim. Minha pele carregava seu cheiro, quando eu tomava banho parecia que ele estava ali comigo. Em vários momentos achei que ia enlouquecer, que nunca mais ia me livrar dele. Eu me esfregava com força pra expulsá-lo de mim.

Sempre que eu assistia a um filme ou lia um livro, criava uma conversa imaginária com o André, contava minhas percepções, perguntava as dele e eu mesma respondia por ele. Assisti a um festival erótico no Cine Bijou e fiquei sem dormir. Todo meu amor estava exilado nos Estados Unidos, em Boston, no Instituto Berklee de Música, no corpo de um homem que vivia ao lado do corpo de outra mulher. Toda vez que eu saía com um cara, no meio de alguma frase sem graça, esse cara já havia se transmutado no André, como numa experiência de ficção científica.

Fazia quase dois anos que a gente tinha ficado, quase dois anos que ele estava vivendo com outra mulher, morando num quarto e sala perto da universidade, estudando não sei bem o quê, a Dalva estudando violino, os dois falando em notas musicais nessa língua que eu nunca entenderia. E eu?

Eu estava começando a entender do que gostava, tinha a ver com escrever e ler, mas o que mais? Seria escritora? Repórter? Apresentadora de telejornal? Roteirista?

Podia também ser fotógrafa, pois achava que fotografia era outro jeito de ler e de escrever. Mas podia ser nenhuma das anteriores. Eu estava muito perdida e sentia inveja de quem já tinha claro o que queria fazer da vida. O Nando, por exemplo. Ele sabia que o lance dele era vídeo, queria ser editor. Por isso, quando viu no mural da PUC dois anúncios procurando assistentes de edição e de produção, ele me deu um toque e nos candidatamos.

Mas o que eu vou fazer lá? Nem sei como é o trabalho de assistente de produção.

A gente descobre. Não deve ter muito segredo em ser assistente, Baby.

Pegamos o ônibus, descemos na Joaquim Floriano e dali fomos a pé. Era uma produtora de vídeo de dois caras que pareciam muito gente fina, o José e o Rubens. Funcionava numa casinha charmosa numa rua de dois quarteirões, só com casas. Gostei do lugar. Fizemos a entrevista e passamos. Eles nos garantiram que logo a gente entenderia nossas funções e nos disseram que começaríamos em janeiro. Era meu primeiro emprego com carteira assinada.

Aproveitando meus últimos dias livres, nas férias fui pro Guarujá com a Maria Fernanda e os pais dela. Ficamos no apartamento que eles tinham na praia da Enseada. Fez sol todos os dias. De manhã eu ficava deitada na areia, torrando de frente e de costas. Li os livros da faculdade e romances policiais. À tarde tomava sorvete e à noite jogava Yam e Scotland Yard. No dia seguinte, como no Dia da Marmota, tudo se repetia. E, assim, por duas semanas fui vivendo uma vida antiga, que eu sabia que ia acabar. Em algum lugar dentro de mim, eu entendia que estava me despedindo da minha amiga. Eu não tinha mais muito assunto com a Maria Fernanda, acho que me dava melhor com os pais dela do que com ela. Ao mesmo tempo existia um afeto grande que compensava a falta de conversa, uma intimidade silenciosa de quem se conhece há muito tempo, de quem já viveu muita coisa juntos. A Maria Fernanda foi minha primeira amiga, a gente brincou de boneca, paquerou os meninos da casa amarela, jogou queimada, alisou o cabelo, assistiu umas dezoito vezes a *Saturday Night Fever* no Cine Havaí, pra copiar a coreografia e dançar na domingueira do clube. Foi muito legal, uma espécie de novela cheia de histórias, mas agora cada uma estava indo por um caminho diferente. Ela ia ser professora; eu, jornalista. Não era só isso, era mais do que profissões diferentes; nossos futuros seguiriam caminhos incompatíveis, não haveria espaço em comum. Um pressentimento me dizia isso. Por isso eu soube, lá estendida na minha canga na praia da Enseada, camaroneando minha pele branquela, que aquela seria a nossa última viagem juntas. Tanto que me despedi na porta de casa, em São Paulo, com um sentimento que misturava alívio e tristeza. Era o fim de uma amizade. Não do afeto, mas do que faz uma amizade existir: a convivência, a vontade de saber uma da outra, o compartilhamento de pensamentos, gestos e risadas. Eu disse um obrigada caloroso pra ela e pros pais dela e entrei em casa.

    Se a minha vida fosse um livro, ali terminava a Parte Um.

PARTE DOIS

Por que raios ficamos tanto tempo juntos? Qual foi a mágica da nossa história? Como ela sobreviveu às tantas mortes miúdas? Às contas, ao supermercado, à limpeza da casa, à falta de grana, eu tendo que trabalhar tanto, ele escrevendo e só, a ausência dele na minha vida íntima. A competição.

Quem faz o jantar? Quem lava a louça?

Eu não! Cheguei tarde, trabalhei o dia todo.

Quando eu pensava em desistir e acabar com tudo, assassinar com um tiro único a nossa relação, vinha a risada, a cumplicidade silenciosa, o costume de dormir lado a lado, vinha o sexo que esquentava e surpreendia e, principalmente, vinha a estranheza magnética que nos unia e nos dava vontade de continuar.

Pensando bem, talvez seja esta a nossa mágica: a estranheza. Antônio é de Virgem. Eu sou de Leão. Na língua dos astros, não há compatibilidade evidente. O Júnior do 10 diz que existem muitas outras coisas além do signo principal, mas eu me deixo guiar pelo signo, acho que ele explica um bocado.

Só que uma noite, depois de um sexo foda de tão bom, fui tomar banho e, enquanto deixava a água cair, recuperando meu corpo de tamanha entrega a uma pele alheia, me veio a voz da vovó Teresa, como se fosse um aviso:

A gente só conhece uma pessoa depois de comer um quilo de sal com ela.

10. Com quantas pessoas se faz um casamento?

Nossa! Como você está vermelha! A pele vai descascar e manchar toda. Sol envelhece muito.

Saudades de você também, Beatriz, eu respondi, e ela estendeu os braços pra mim.

Cadê o Marcelo?, perguntei.

Está no quartinho, pra variar.

E a mamãe?

Também no quarto dela. Aqui cada quarto é uma casa.

Fátima veio da cozinha e me deu um abraço. Depois, enquanto voltava pra cozinha, disse que ia preparar macarrão com carne moída, pois sabia que eu adorava. Mamãe desceu do quarto com o rosto meio amassado, me deu dois beijos na bochecha, perguntou rapidamente da minha viagem e me estendeu um envelope.

Chegou pra você.

Meu coração deu um pinote, fiquei procurando um selo dos Estados Unidos, mas era do Brasil mesmo. Era uma carta do Nando, que estava em Porto Seguro. Subi pro meu quarto, deixei minha mala, me joguei na cama e abri o envelope.

Baby,

A luz da manhã é tão escandalosa que eu já acordo com um puta tesão. Tudo aqui me deixa com tesão. A areia, o mar, a comida, os corpos de tantos homens bonitos, benzadeus, até as meninas me atiçam, veja só, que milagre da natureza é este lugar. Estou numa pousada mequetrefe, mas dá pro gasto. Os donos são supersimpáticos, ela do Rio Grande do Sul, bah tchê, ele daqui mesmo. Estão juntos há muitos anos numa harmonia que me dá até esperança. Acordo tarde, lagarteio, almoço, lagarteio, vou tomar uns drinques num inferninho que tem por aqui, e a Margô, a proprietária (pra não repetir a palavra dona, que já usei duas frases atrás, lembra das aulas de redação do Rui?), adora Rimbaud, e sempre aparece um ou outro que acaba declamando algum verso dele. Um dia desses teve um sarau, cada um leu um texto de que gostava. Eu escolhi Caio Fernando, meu amor maior. Aqui tem muita gente legal. Você ia amar. Termino a noite em algum barzinho ou na casa do povo. Já fiz uns amigos que vou levar comigo no coração e na mala, todo mundo é fácil, porta aberta pro estrangeiro, Baby. Semana passada me apaixonei por um gringo lindo, holandês grande, boca carnuda, mão enorme, Peter, mas infelizmente ele não se apaixonou por mim, aliás meio que me desprezou. Fiquei umas horas na fossa, mas logo desencanei. Com a ginga deste lugar a gente não descansa na tristeza. Agora estou interessado no Val, um homão de respeito que começa a me dedicar uns olhares mais espichados. Quem sabe? Estou sempre em busca do amor, chérie. Volto em duas semanas, antes vou até uma aldeia de pescador que dizem é o lugar mais quente e mais lindo deste Brasil. Vou conferir, depois te conto. Tim-tim por tim-tim. Tanta história... minha vida é uma cambalhota. E tu, guria?

Decidiu desenviuvar? Não vejo a hora de você enfiar esse seu corpinho na folia. Vem pra cá.
   Te amo, Nando.

   Mais tarde, li e reli essa carta mil vezes, tentando encontrar uma passagem oculta, uma pista. Busquei nas aventuras do Nando o início, o momento zero de tudo o que aconteceu logo depois. Imaginei cenas, pessoas, lugares, conversas, transas. Qual teria sido o marco zero da tragédia?
   Naquele dia, logo depois de ler a carta, desci pra almoçar e, quando estava me preparando pra pôr o macarrão no meu prato, mamãe me contou que o André viria pro casamento da Bia. Sozinho. Sozinho. *Alone.*
   Perdi a fome.

   A Bia e o Sérgio decidiram se casar em casa. Contrataram um bufê, alguns amigos cuidariam do som, os pais do Sérgio iam se encarregar das bebidas e minha mãe dos doces, que ela pensou em encomendar numa doceira de Carmo do Rio Claro, perto de onde ficava a fazenda do vovô Luiz. D. Cida iria fazer o vestido da noiva, da irmã da noiva e da mãe da noiva. Não vamos ficar muito parecidas?, perguntei. Não recebi resposta. O bolo seria feito pela d. Isabel, quituteira bonitona que morava na Lapa, era casada com o dono da padaria e amante do estofador. Ela tinha duas filhas, a Valência e a Valéria, uma de cada homem. O marido sabia do amante, as filhas sabiam dos pais diferentes e parece que todos viviam em paz com essa bigamia. Eu adorava a história da d. Isabel e seus dois maridos. Se a Joana estivesse viva iria gostar também.
   Mamãe estava animada com o casamento. Aliás, parecia

que ela é que ia se casar. A família inteira viria, de Minas, Campinas, Belém, Porto Alegre, Rio de Janeiro. Mais de oitenta pessoas receberam convite. Semanas antes da festa, a casa entrou em alvoroço. A Fátima subia e descia as escadas o tempo todo, lustrava o corrimão, limpava o mofo dos armários, das camas, abria e fechava gavetas pra dar conta dos tantos anos de pó acumulados em incontáveis camadas invisíveis. Tiramos todos os móveis do quartinho dos fundos e esvaziamos os conteúdos secretos dos encontros que o Marcelo tinha com seu grupo clandestino comunista; depois de separar algumas pastas, ele deu carta branca pra jogarmos fora o resto, foram sacos e sacos de lixo com papéis. As roupas do papai enfim foram encaminhadas pra doação no centro espírita. Mamãe ficou só com a gravata vermelha e o terno preto. Ela cuidou das roupas de cama, colocando todas pra quarar nas bacias de alumínio gigantes que ficavam no meio do quintal, os lençóis tão brancos, os varais sempre cheios. Catarina e Brigitte, agora umas senhorinhas gordas, mais pareciam fadas de bigode assistindo a tudo de olhos quase fechados. Elas já deviam ter perto de vinte anos, ninguém sabia direito a idade, aliás, quase ninguém se lembrava mais delas e daquele zoológico que o nosso quintal tinha sido um dia. A Bia estava histérica, brigava com a mamãe, comigo, com a Fátima, só ficava melhor quando chegava o Sérgio, aí mudava de personalidade, fazia cara de quem meditava todo santo dia, fingindo ter gênio de monja. Mal sabia ele a barca furada em que estava entrando. Assim os dias passaram voando, janeiro eu comecei a trabalhar na produtora e fevereiro chegou com um calorão que soltava fogo pelo ar. Em poucos dias, seria o casamento.

    Na véspera da festa, eu estava no meu quarto desenhando, quando mamãe entrou e jogou uma bomba no meu colo:

    O André vem com a mulher pro casamento. Eles estão esperando um bebê.

Me olhou por um longo minuto e saiu. Encarei meu caderno de desenho, até estava gostando da natureza-morta que eu tinha começado a esboçar, mas peguei o grafite e calquei no papel. Rabisquei com força todo o desenho, até o papel rasgar.

Estava um dia fervente, a casa cheia, não havia espaço pra mais nenhuma alma viva, só cabiam os mortos. Eu usava um minivestido azul-marinho, bem míni mesmo, com ombreiras grandes. A d. Rosa, que estava nos ajudando com a maquiagem e os penteados, colocou em mim uns cílios compridos e curvados, o que me deixou com um ar meio de boneca. De cabelo liso, mais curto de um lado, eu parecia a robô do *Blade Runner*. Dei uma última olhada no espelho antes de ir pro banheiro da mamãe. Lá estava a Bia, sentada numa cadeira, tão linda com seu vestido que caía reto até a canela. Seu cabelo comprido estava com bobes.

Bia, você está um arraso, falei. Lágrimas vieram aos meus olhos, fiz um esforço pra me conter e não borrar a maquiagem.

A d. Rosa começou a soltar os cachos longos e enrolados da Bia, que parecia inacreditavelmente calma. D. Cida ajeitava o vestido dela.

Está nervosa?, perguntei.

Não. Engraçado, sinto a vovó Teresa do meu lado, me enchendo de força e me dizendo que tudo vai dar certo.

Já deu certo, Bia. Além de você, a festa também está linda, a mamãe superfeliz, e seu noivo é legal. Já deu tudo certo.

Me abaixei um pouco e dei um beijo suave no alto da cabeça dela, pra não atrapalhar o penteado. Bia pegou minhas mãos e apertou levemente, com os olhos cheios de água. Dei uma última olhada no espelho, ajeitei meu cabelo, minhas ombreiras e meus cílios e murmurei pra mim: Vamos à luta, foda-se o André.

Vou descendo, avisei. Se precisar de alguma coisa, grita.

A cerimônia ia rolar no salão, um espaço quase mítico da minha vida. E a gente chamava assim, salão, porque era uma sala muito grande. Ali, aos seis anos, dei meu primeiro beijo no meu primo Renato, pintei o sofá branco com as canetinhas Sylvapen que eu tinha ganhado de aniversário, ouvi da boca da Bia como nascem as crianças. Foi ali que recebi a notícia de que o papai havia morrido e tomei meu primeiro porre e escutei falar dos horrores da ditadura no Brasil. No salão estavam registrados os grandes acontecimentos da minha família. Já quase no pé da escada, olhei pra aquele espaço emocionada: a mesa havia ganhado uma toalha branca, velas e um buquê imenso de margaridas.

Desci os últimos degraus sentindo meu coração num batuque louco. Cadê o André? No mar de cabeças o localizei lá no fundo, ao lado da mulher. No instante exato em que debrucei meus olhos nele, ele me olhou. Durou um segundo, talvez menos que um segundo, e nesse tempo inerte deixei de me movimentar, fiquei suspensa na corda fina do nosso magnetismo. Nando, Júnior do 10 e Maria Fernanda romperam o encanto: Alice, como você está linda!, falaram em coro. Desviei os olhos do André e foquei nos meus amigos e na tia Clotilde, que estava bonitona, com um vestido de seda claro e brincos de argola iguais aos que a vovó Teresa usava. Abracei minha tia, um misto de sentimentos tremulava em mim, ao meu redor, o salão todo estava envolto em emoção.

Procurei o noivo e lá estava ele, incrível, com um paletó de linho branco por cima de uma camiseta do Led Zeppelin e tênis amarelo.

Ele veio me dar um beijo. Cunhadinha, você está linda.

Você também, eu disse, olhando admirada pra ele.

Sua mãe quis morrer quando viu minha roupa. Abre aspas: Mas você vai se casar com uma camiseta de rock? É um desrespeito, Sérgio, é preciso seguir um mínimo protocolo que seja.

Sua mãe não se opôs a esse figurino? E eu respondi: Não, dona Odila, minha mãe me achou bonito. Lindo, pra ser exato.

Ele riu, eu ri. O vestido da mamãe tinha uma ombreira ridícula, um caimento sem molejo e uma cor meio pêssego que não combinou com o tom da sua pele. Um desastre. Fora o penteado, que também ficou horroroso. Não era justo reclamar do noivo.

Quando a Bia finalmente desceu as escadas, houve um Ohh! geral na plateia. O Sérgio estava à beira da escada esperando por ela e os dois foram juntos, de mãos dadas, pra mesa onde aconteceria a cerimônia. Os amigos músicos do noivo tocaram "All of my Love", do Led Zeppelin. A tia Otília estava a postos, pronta pra conduzir a cerimônia. Estava vestida com uma túnica indiana cor-de-rosa brilhante e leu textos em sânscrito, poemas em inglês, orações em latim e abençoou o casal. Depois do sim, da troca das alianças e do beijo, tia Otília cantou mantras e fez namastê com um incenso aceso nas mãos. A seu lado estava Sun, seu novo namorado, professor de yoga californiano, superquieto, com ar de quem sabe tudo mas não conta nada e cara de gente boa. Chorei, claro. O Júnior do 10 também ficou emocionado, que eu vi.

A Bia jogou seu buquê de margaridas e folhas de mexerica e quem pegou foi a mamãe. A mamãe vai se casar antes de mim, pensei.

Um garçom, amigo da família do Sérgio, apareceu na minha frente com uma bandeja com taças de vinho e uma garrafa azul. Peguei uma taça cheia e virei. Foi só o começo. Nando, Júnior do 10 e a Maria Fernanda se juntaram a mim no vira-vira dos copos.

Fiquei muito bêbada com aquele vinho da garrafa azul.

A certa altura da festa, André me pegou pelo braço e falou

bem baixinho no meu ouvido: Você está linda e eu estou morrendo de vontade de te dar um beijo.

Vá se foder, respondi num sussurro que achei bem sensual.

Ele me soltou. Não sei onde estava a mulher dele. Eu estava morrendo de vontade de me jogar em cima do André, mas virei as costas e saí rebolando lentamente.

A Bia e o Sérgio estavam felizes demais, a pista de dança vibrou com os noivos, e a alegria deles atraiu as pessoas pra dançar também, elas foram chegando, cantando, e até o garçom amigo do Sérgio largou a bandeja e se jogou ali no meio. Num instante a pista lotou, era gente de toda parte, família, amigos, desconhecidos, vizinhos, todos próximos: o amor é mesmo revolucionário.

O Nando começou a dançar solto com um dos músicos, os dois se abraçaram, tia Clotilde se aproximou deles e fizeram um trio, o trio mais lindo da festa. Tia Clotilde era de longe a mulher de setenta anos mais moderna que eu conhecia. Me deu muito orgulho de ela ser da minha família.

No meio da pista esbarrei no João, um amigo do Sérgio, achei o João bem bonitinho, começamos a dançar e dançar e no meio de uma música ele me beijou. O beijo me deixou meio tonta e fui pro banheiro, depois lembro vagamente que do banheiro fui pra escada, da escada pro corredor, do corredor pro meu quarto. Acordei na minha cama com o Nando e o amigo novo dele do meu lado, os dois enroscados.

Antônio estava terminando seu segundo romance, que era um total segredo pra mim. Ao contrário do primeiro livro, que eu sabia do que se tratava desde as primeiras linhas — o do imitador do Elvis —, esse era um mistério. Uma noite pedi:

Me conta do seu livro.

Prefiro que você leia quando já estiver impresso, ele retrucou.

Que novidade é essa?, perguntei.

É que andei pensando em muitas coisas e prefiro que você seja uma leitora simplesmente, uma leitora clássica, como as muitas que desejo ter. A coisa que um escritor mais deseja no mundo é um leitor, um leitor anônimo, um leitor que não conheça o escritor, que não tenha ideias preconcebidas sobre ele. O escritor precisa de um leitor como o sangue precisa de um vampiro.

O sangue precisa de um vampiro?, perguntei.

Morremos de rir.

O Antônio vivia fazendo essas trocas, ele devia ter alguma dislexia e eu achava muita graça. Às vezes parecia que ele fazia isso só pra desviar a minha atenção. E foi esse o caso. Ele aprovei-

tou a minha risada, se levantou e foi abrir um vinho. Pegou duas taças no armário com tela de galinheiro que a gente tinha acabado de comprar e me estendeu uma. Serviu o vinho, na dele também, e disse:

Um brinde ao sangue.

Ele virou sua taça e decretou: Amanhã a gente continua essa conversa.

Mas a gente nunca continuou. Só fiquei sabendo da trama quando esse segundo livro dele já estava impresso, agora por uma editora bem maior.

11. A morte avança algumas casas no tabuleiro

Depois do casamento da Bia, a casa acordou com ressaca do vinho azul e dos excessos de encontros. O André voltou pros Estados Unidos, sem beijo, sem carta, sem palavras de amor.

Tia Clotilde ficou amiga do Nando e do Rui, como se chamava o cara que o Nando conheceu na festa. A amizade dos três rendeu algumas idas ao cinema e vários encontros pra um café e conversas sobre cinema.

A Bia e o Sérgio viajaram pro Morro de São Paulo, na Bahia, na lua de mel. Um dia ela telefonou de lá e disse que estava num Morro de Saudades. Achei fofo e pouco provável que a frase tivesse nascido dela. Na volta eles se mudaram pro apê que tinham alugado na avenida Pompeia. A minha casa ficou oca sem as roupas da Bia, sem a birra da Bia, sem a ansiedade da Bia, o quarto dela vazio. Fiquei feliz e triste ao mesmo tempo, já com saudades, mas aliviada por não ter mais minha irmã todos os dias em casa, compartilhando o mesmo banheiro, o mesmo corredor, disputando a asa do frango.

Catarina, a gata, morreu de infecção estomacal num domingo à tarde. Brigitte ficou deprimida e eu, arrasada. Marcelo e eu enterramos a bichana na praça perto de casa, embaixo da mangueira, ao lado do mico, que àquela altura já devia ter virado minhoca. Plantei uma semente de roseira sobre a cova da Catarina. A roseira não vingou.

Fátima se casou e foi embora depois de tantos anos com a gente. E a casa ficou ainda maior, com mais espaço pra livre circulação da poeira e dos fantasmas.

Marcelo decidiu voltar pra Paris, disse que já não tinha lugar pra ele no Brasil. Meu irmão era um estrangeiro onde quer que estivesse. Ele estava sempre indo embora.

Mamãe começou a sair com um colega do escritório, o Falcon, um viúvo bigodudo e pai de gêmeas adolescentes. Ela contou oficialmente do namoro pros filhos num jantar durante a semana e parecia feliz como eu nunca tinha visto. Nem nos tempos do papai. E logo trouxe seu novo amor pra gente conhecer. Fez um jantar que parecia de gala, tirou do armário toda a louça antiga, o faqueiro de prata, os cristais, e montou uma mesa linda. Ela própria estava linda. O jantar foi estrogonofe: O Falcon adora, ela declarou.

À mesa estavam o Marcelo, a Bia, o Sérgio e eu, além dos pombinhos. O jantar transcorreu com reserva, todos tentando engatar o papo, que não rolava de jeito nenhum. O Falcon era tão formal, tão travado, que impedia qualquer conversa de fluir. Eu tentava adivinhar o homem que — ao que tudo indicava — iria se infiltrar no nosso clã, levantar nossos tapetes e conhecer nossas sujeiras mais escondidas. Ele comia devagar e falava devagar, sempre com palavras curtas. Fez uma ou outra pergunta pra cada um de nós, com um interesse contido.

Mamãe tinha passado um batom rosa-escuro — a boca, agora, estava levemente manchada — e um esmalte bordô nas unhas, toques de ousadia num corpo que sempre foi avesso a exibições.

Ela parecia viva pela primeira vez, tudo nela pulsava. Imaginei o papai assistindo àquele jantar.

Falcon tinha uma voz meio rouca e bem grave. Era um engenheiro formado na Politécnica da USP. Suas filhas, Karina e Katarina, moravam com ele num apartamento nos Jardins. Falcon mencionou que logo traria as meninas pra nos conhecer. A mãe tinha morrido no parto. Fiquei com pena das gêmeas crescendo sem mãe e com um pai meio triste. Terminei o jantar gostando do Falcon e torcendo muito pra ele entender a d. Odila e sobreviver ao dia a dia com ela.

A partir do final dos anos 1960, uma revista americana de música começou a publicar uma lista dos Pés na Cova e a cada ano elencava os rock stars que ela apostava que não iriam sobreviver ao longo dos doze meses seguintes. Ela acertou quase todos os nomes.

Jimi Hendrix, Janis Joplin, Brian Jones, Jim Morrison. Errou com Keith Richards. Por muitos anos ele apareceu nessa lista, mas sempre se safou. Dizem que é porque ele troca de sangue anualmente numa clínica na Suíça. E esse sangue novo limpa os vestígios das drogas que ele enfia quase todos os dias em suas veias e nariz. Lenda ou não, é um sobrevivente e eu queria entender como existem pessoas que driblam tão bem a morte. Chegam à beira dela, dão as mãos pra ela, mas na hora H a morte rejeita essas pessoas e empurra todas de volta pra vida.

Por que não foi assim com o Nando?

Vamos pro Rio, Baby?, Nando me perguntou. Vai ter show do Cazuza. Vamos aproveitar o feriado, a gente pode ir de ônibus.

Eu topo. Vou pedir o fusca emprestado pra mamãe e a gente chama a tia Otília pra ir junto. Se ela topar, minha mãe libera o carro.

Dito e feito. Pedi o carro pra mamãe e ela concordou contanto que tia Otília fosse dirigindo. Liguei pra minha tia, que topou na hora. Feliz por ir ao Rio, fui pra cozinha e preparei uma omelete pra mim e pra mamãe. Jantamos com a tevê ligada.

No *Jornal Nacional* passava uma reportagem sobre a aids, um vírus terrível que se espalhava muito rápido. Podia ser transmitido na transfusão de sangue, no sexo ou compartilhando seringa. Pensei no Narquinho na hora. Será que transmitia no beijo? Ninguém sabia ainda.

A mídia chamava a aids de A Peste Gay porque o vírus se espalhava majoritariamente entre homossexuais masculinos. Demorava em média um ano e meio entre se descobrir infectado e morrer. Às vezes menos. Rock Hudson, um ator que a vovó Teresa amava, tinha morrido de aids. Ele só fazia papéis de cowboy. Markito, um estilista brasileiro, também. Senti um arrepio estranho no corpo.

A reportagem terminou, minha mãe e eu ficamos quietas, impactadas com a notícia do vírus se alastrando pelo mundo. Eu me levantei, tirei os pratos e fui lavar a louça. Ela veio atrás de mim, parecia que queria conversar. Falamos um pouco sobre a nossa época, sobre os sinais dos tempos. Depois ela começou a dizer alguma coisa sobre o Nando, mas parou, e como eu também não queria ouvir puxei outro assunto pra desviar desse, tenebroso:

Mamãe, sabe qual é o lugar que eu mais quero conhecer no mundo?

Qual?

O edifício Dakota.

Edifício Dakota?

É, aquele onde o John Lennon morava quando foi assassinado.

Mas por que essa vontade de conhecer um prédio, Alice?

Porque esse é cheio de histórias incríveis. Porque ele fica em frente a um parque incrível, porque muita gente incrível já morou lá, além do John Lennon e da Yoko Ono, e porque fica em Nova York, uma cidade incrível.

Nossa que incrível, disse mamãe, zombeteira — e como foi bom ver minha mãe zombeteira assim.

E a nossa noite terminou desse jeito. Eu aventando a possibilidade de um edifício ser o cartão-postal de um sonho, e mascarando o medo da aids como uma sentença de morte que se aproximava da nossa vida.

Pegamos a Dutra, tia Otília dirigindo, Sun a seu lado, Nando e eu atrás no fusquinha bege da mamãe. Eu estava feliz demais de ir ver o Cazuza e passar aqueles dias com o Nando, mas vira e mexe a reportagem sobre a aids não saía da minha cabeça. Olhei pra ele e pensei: Será que a aids avisa antes de a pessoa começar a emagrecer?

A viagem foi boa, ficamos ouvindo cassetes de música indiana com uns mantras que o Sun cantava junto. Ele também acendia incensos de tempos em tempos. Paramos no caminho pra esticar as pernas e tomar café. Gostei de descer a Serra das Araras de carro, a vista era estonteante.

Chegamos ao Rio num dia de céu azul e fomos direto pro apartamento do Juarez, primo do Sun, em Copacabana. Era um prédio que já na entrada exalava um fedor forte de inseticida. Subimos num elevador gigante, todo de madeira, que rangia e dava trancos a cada andar. Descemos no sétimo e tocamos a campainha do 71. O apartamento era grande, com vista pra um mar de prédios, e mobiliado com um apanhado de móveis antigos, herdados dos pais do Juarez, que haviam morrido de um ataque cardíaco ambos no mesmo dia. Primeiro morreu a mãe. O pai, quando se percebeu viúvo, sentiu uma dor no peito muito forte e tombou ao lado da mulher. Achei incrível essa história, saiu em todos os jornais da cidade: Romeu e Julieta de Copacabana.

Quando os pais se foram, Juarez, que era filho único, saiu da casa que alugava e se mudou pra aquele apê, sua herança.

Morava sozinho, mas tinha uma namorada, uma viúva com dois filhos que morava a duas quadras dali. Juarez era um cinquentão charmoso, com um corpo que cultivava todos os dias nadando no mar e correndo na areia. Nos recebeu muitíssimo bem. Tia Otília e Sun ficaram no quarto de hóspedes, onde havia uma cama de casal; Nando e eu dormimos num beliche num quartinho pequeno, muito quente e com um crucifixo esquálido pregado na parede.

Vi o Cazuza e dancei sem parar. Acompanhei todas as músicas, ele era um poeta da minha geração, cantava o meu tempo, cantava a política sem levantar bandeira, era debochado, exagerado, tudo que eu queria ser e não era. O Nando também estava vidrado no palco. Olhei pra ele e me veio uma sensação forte: o Nando tem aids. Eu achava que todo mundo ao meu lado estava prestes a morrer. O Nando, o Cazuza — uns boatos diziam que ele tinha a doença também —, a tia Otília. Senti um frio no couro cabeludo. A impressão que me deu é que eu ia morrer bem velha, solitária, com bilhões de fantasmas me rodeando.

No final do show, Nando comentou que ficou muito impressionado com a força e a malemolência do Cazuza, tia Otília e Sun concordaram. Seguimos pra saída no meio daquele burburinho de gente descolada, e quando passamos pela porta do Canecão lá estava ela: a noite carioca.

Efervescente como uma pastilha de vitamina C, uma noite mergulhada no mar, com seu cheiro de novidade e antiguidade. O Rio da Corte Portuguesa, da bossa nova, de d. Pedro II, do Escadinha, do Tom Jobim, da Nara Leão e do Leãozinho, do uísque, do sol e da maresia. E nós estávamos convidados pra aquela festa lisérgica.

Pegamos o fusquinha e fomos pra Botafogo, pra um boteco que alguém tinha indicado. Chegando lá, estava um alvoroço, mas conseguimos uma mesa. Ao nosso lado, astros e estrelas anônimos, uma constelação de gente bonita e bronzeada enfeitava o lugar. Pedimos cerveja e logo o Nando começou a olhar pra um menino, se levantou e foi falar com ele. Ficamos nós três na mesa e tia Otília desandou a falar do show e das músicas do Cazuza, e qual era a minha música preferida? A dela era "Codinome beija-flor", e blá-blá-blá, ela não parava de falar. Sun vidrado nela.

Desviei a atenção da tia Otília, olhei em volta e dei com um carinha na mesa ao lado que me conquistou com seus olhos borbulhantes. Ele me contou uma piada que agora não lembro qual era, só sei que morri de rir, ele riu da minha risada e ficamos assim rindo à toa. Curti o moço bonito que se chamava Alessandro. Ele estudava arquitetura e morava no Leme. Depois de algumas frases me perguntou: Não quer ir comigo pra outro bar?

Respondi sim na hora e, ao me despedir da tia Otília, ela me disse baixinho: Cuidado!, tudo o que ela nunca falou pra si mesma.

Fui com ele, um estranho. Pra mim era uma aventura, eu sempre tão medrosa e careta, fincada no continente, adorei me arriscar naquela jangada. Segui o canto da sereia e embarquei na garupa da mobilete do garoto.

Fui olhando o mar passando feito paisagem. Paramos num boteco em Copacabana, também cheio de gente bonita, bebemos mais, conversamos muito e depois atravessamos a avenida

Atlântica e fomos fumar um na beira do mar. Aí nos beijamos e eu senti a maresia entrando pelo meu nariz. Achei um pouco desajeitado o nosso encontro de bocas, mesmo assim curti o Alessandro, queria ser amiga dele. Era quase manhã quando ele me deixou na porta do prédio do Juarez e me deu mais um beijo depois de tantos, esse agora um pouco mais familiar, e falou com mais desejo do que convicção:

Amanhã a gente se vê aqui na praia, em frente à sua rua. Ao meio-dia.

Respondi que sim. Combinado, meio-dia aqui em frente. Demos um último beijo e entrei no prédio. Sabia lá no fundo de mim que nunca mais eu ia ver o Alessandro, e tudo bem. Tem pessoas que só passam uma noite pela nossa vida, ou só um momento, um olhar, uns beijos, umas frases, e mesmo assim cumprem seu papel. E muitas vezes, mesmo tão efêmeros, esses encontros duram pra sempre.

Dei bom-dia pro porteiro, ele se chamava Nélson e estava com a maior cara de sono. No elevador lembrei do Cazuza e do Nando. A porta do 71 estava destrancada. Tentei fazer o mínimo barulho pra não acordar ninguém, fui até a cozinha pegar um copo d'água antes de ir pro quarto. Aí ouvi um barulho de gente na área de serviço, será que é o Nando com o carinha? O Juarez com a noiva? Fui espiar. Quando vi, não acreditei.

Na verdade, era mesmo inacreditável.

Tia Otília e Juarez estavam no maior dos amassos. Ela sentada na máquina de lavar roupas de pernas abertas, de frente pra ele, que estava em pé, de bermuda arriada, enganchado nela. Ajustei o foco, tentando entender se não era uma viagem da minha cabeça. Não era. Voltei pra cozinha, abri a geladeira e peguei a água. Tia Otília gozou. Juarez gozou. Quando passei pelo quarto de hóspedes, ouvi o ronco suave do Sun, que parecia um mantra. Entrei no banheiro, olhei no espelho com vergonha. Escovei os dentes, com gestos exagerados.

Quando saí, dei de cara com a tia Otília me olhando com um misto de triunfo e vergonha. Olhei pra ela, desviei o olhar, e com um resto de voz rouca ela murmurou alguma coisa que não entendi. Fechei a porta do quartinho na cara dela, na fechadura havia uma chave, tranquei. O Nando que durma no sofá quando chegar. Me deitei. Lembro que a última coisa que vi antes de dormir foi o crucifixo pregado muito alto na parede. Virei de costas pra ele.

Nando morreu num domingo de novembro, aos vinte e oito anos. No mesmo mês em que eu finalmente terminei a PUC. Ele também se formaria comigo se não tivesse faltado tanto às aulas. Entre se descobrir soropositivo — logo depois da volta dessa viagem do Rio — e ser enterrado numa cerimônia pra família e pouquíssimos amigos, demorou nove meses. A gestação da morte. Entre se descobrir soropositivo e ser enterrado, Nando transou sem camisinha com uma porção de homens e com uma mulher, eu soube depois. Provavelmente infectou a maioria, se não todos. Nando tomou o AZT, o primeiro remédio criado pra doença, e ficou cinza. Perdeu o cabelo e a gordura do corpo, mas ficou barrigudo. Apareceu com umas manchas esquisitas no rosto. Deixou de ir à faculdade. Foi dispensado do trabalho. Pouca gente da produtora foi se despedir dele à beira do buraco de terra já cavado pra receber seu corpo tão novo e tão magro. Fui com minha mãe, e aquele foi um dos dias mais tristes da minha vida.

Alice Baby,
Desde o primeiro picolé de limão até hoje com essa porra amarga que sinto no céu da boca minha vida foi esse raio cau-

daloso. Tive todos os amores instantâneos que quis. Amores miojo, entre abrir o pacote e comer, demoraram no máximo três minutos. Perdi a conta. De qual deles peguei o vírus? Pode ser de um gringo de Amsterdã ou um brazuca aqui do Riviera. Será que foi só de um? Não sei. Só sei que esse remédio me tirou o apetite, o papel com o resultado me tirou o apetite e ficar careca me tirou o apetite. Sim, depois do resultado transei com muitas pessoas. Antes de ficar tão na cara que eu não era apenas um sujeito esquelético. Sim, sem camisinha. Com um pai de família inclusive, o João diretor, que você conhece. Vou pro inferno e nunca mais vou ouvir sua voz. Por isso não quero que você leia esta carta enquanto eu estiver em cima da terra. Pra não me condenar e não me obrigar a contar pras pessoas que sou agáivê positivo. Não quero falar, não sou herói de porra nenhuma. Vou me encontrar com o Cazuza, o Dener, o Rock Hudson, o Laurinho Corona, eles sim heróis. We are the world of aidéticos. Tem salvação?

Aqui embaixo está a lista das pessoas com quem transei. Deixo pra você esta missão: conte a elas. Esse é o meu legado. Sim, fiquei com raiva de você por ter se afastado depois de saber que eu peguei esta maldita chaga. Fiquei com raiva por você não ter vindo me ver nos últimos dias, nem nos penúltimos. Agora minha revolta vira essa lista. Sei que você vai ligar pra cada um deles e contar. Você é uma moça correta. Essa é a última coisa que eu sei.

Sorte, amor e vida longa, Baby. Você foi a mulher que mais amei na vida.

Nando.

<u>Pra você ligar nesta ordem:</u>
Marquinho — 521.7349
Tiago — 65.0890

Mario S. — 62.0985
João, diretor — 38.2356
Lulu — 25.5679
Claudinho, grafiteiro — 35.0921
Juju Balangandã — 520.9000, ramal 317
Victor — 34.6780
Carlo — 62.5463
Agenor — 37.9022
Maria — 65.0955
Gui — 25.8477
Edu Sabesp — 64.7899
Edgard — 65.7822

Um dia cheguei mais cedo da editora e, sem fazer barulho, fui até o quartinho ver o Antônio. Queria fazer uma surpresa. Peguei ele conversando com alguém no telefone, a voz macia, bem felpuda. Quando me viu, ele mudou o tom e começou a desconversar. Depois de alguns segundos desligou.

Que surpresa boa! Eu estava falando com a Gisele, minha irmã, ele se apressou em dizer, sem eu ter perguntado. Muita explicação é culpa.

Ela está bem?, perguntei, entrando no jogo.

Está bem, sim.

Quando eu vou conhecê-la?

Qualquer dia desses vamos combinar essa viagem. Estamos nos devendo, né? A gente aproveita e vai visitar meus pais.

Ele se levantou, me deu um beijo rápido na bochecha e anunciou, abrupto:

Vou comprar pão fresquinho pra nós, já volto. E saiu ventando. Na verdade, escapando.

Claro que não engoli essa história.

12. *Close to me*

A carta do Nando tinha chegado pelo correio e, quando terminei de ler, estava chorando e puta de raiva. Maria? Porra, ele transou com uma mulher? Quantas pessoas ele contaminou! Que sacana.

A carta era também o desabafo da mágoa que ele sentia de mim. Eu abandonei o Nando, não consegui me encontrar com ele, manter a proximidade, vê-lo definhando. Minha covardia foi maior que eu. E agora essa.

Oi, aqui é a Alice, você não me conhece, mas quero te dizer que um dos caras com quem você transou sem camisinha morreu de aids, e é melhor você fazer o teste.

Porra.

E com o João diretor? Ele nunca mais foi lá na produtora. Nem deve saber que o Nando morreu. Vou chamá-lo pra um café. João, é o seguinte. Sua mulher está em perigo, porque você é um canalha e fica transando por aí sem camisinha. Você tirou a morte grande, querido: transou com um HIV positivo e ele morreu e me incumbiu de dizer isso a você. Faça o teste, cara, faça o teste e reze.

Enrolei uns dois dias até que tomei coragem e comecei a ligar pra cada um da lista. Na ordem que o Nando mandou. Só desobedeci em dois nomes: a Maria e o João, que deixei pro fim.

O Gui, o Claudinho, o Tiago e o Lulu agradeceram minha ligação.

O Agenor começou a chorar.

O Edu da Sabesp desligou na minha cara, Não conheço nenhum Nando.

O Juju Balangandã falou que já sabia. Ele foi ao enterro.

Na vez da Maria quase arreguei. Mulher como eu. Marquei um encontro com ela no Conjunto Nacional. Cheguei antes, pedi um café. Olhei em volta. Tantas pessoas ali nem sabendo do seu destino, do estado do seu sangue, dos vírus e bactérias que corriam livres por seus corpos. Quem era Maria? No telefone eu reforcei que era muito importante, questão de vida ou morte. Falei pra ela como eu estaria vestida. Esperei uma hora, nada. Uma hora e meia, ela não chegou. Fui embora. Tenho certeza de que ela sacou tudo e não quis ouvir o veredicto final. Talvez estivesse por perto me observando. Fiquei curiosa em conhecê-la. Teria o cabelo de que cor? Seria miúda, alta, tímida? Tentei ligar algumas vezes depois, mas ela desligava quando eu me identificava.

João? É a Alice. Sim, a Alice Baby. Então... tô te ligando pra falar uma coisa muito chata.... Sabe o Nando? O Nando morreu, João.

Como?

O Nando morreu. O enterro foi há uma semana.

Não tava sabendo.

Foi meio segredo mesmo.

Do que ele morreu?

Depois do silêncio, a paulada.

De aids, João. O Nando descobriu que era soropositivo há uns meses e não contou pra ninguém, ele definhou rápido, muito rápido, tomou o AZT, mas não adiantou. Estou desesperada, porque ele me deu essa incumbência de ligar pras pessoas com quem ele transou.

João desligou o telefone na minha cara.

Me joguei na cama, pensando muito no Nando e em como um luto lembra outro luto. Toda vez que morre alguém a gente pensa em outras pessoas que morreram.

O Nando era mais que meu melhor amigo, era meu grande amor. Desses amores sem sexo que a gente tem na vida. Se não ele, quem ia assistir aos filmes do Godard comigo no Belas Artes? Quem se aventuraria num festival do Tarkóvski num sábado de madrugada? E tantos filmes de que só ele e eu gostávamos... a gente se achava os gênios da próxima década. E o senso de humor? Ninguém que eu conhecia era como ele.

Os primeiros dias depois do enterro, eu passei no quarto, acalentando minhas saudades e afugentando a culpa por ter abandonado meu amigo. Eu tinha ficado com medo do vírus, medo de ver o vírus agindo no corpo do Nando, medo de ver o Nando mais magro do que ele já estava, medo daquelas manchas horríveis terem tomado conta do corpo inteiro dele, medo de abraçar o Nando, de tocar na pele do Nando. Tinha uma blusa de lã dele em casa, peguei no meu armário, encostei o nariz nela, cheirei, ainda dava pra sentir o cheirinho do perfume que ele usava. Desci pra sala, coloquei "Close to me", do The Cure, pra tocar bem alto na vitrola e comecei a dançar abraçada na blusa. O Nando amava essa música. Dancei umas vinte vezes essa mesma canção, sempre grudada na malha verde-escura, como se ela fosse ele.

This is the blues, Baby, diria o Nando.

A última vez que a gente se encontrou foi na produtora, no dia em que ele foi pedir uma licença médica. Tinha acabado de chegar do hospital, estava esperançoso com um novo tratamento experimental, um medicamento melhor que o AZT e com mais chances de sobrevida e menos efeitos colaterais, mas não deu tempo.

Parece que tinha passado uma eternidade quando ouvi mamãe chegando com o Falcon, os dois me vendo ali no meio do salão, dançando e chorando, enroscada numa blusa.

Minha filha!

Ela veio na minha direção e me abraçou como nunca tinha me abraçado. Chorei no seu colo até secar. Ela me levou ao banheiro, abriu a água quente da banheira e me fez entrar. Quando saí, ela me levou pra cama. Eu capotei.

Depois de quase dois anos, pedi demissão da produtora. Eu não queria passar mais tempo como assistente de produção, ligando pra marcar motorista, van, agendando gravações, pedindo autorizações, ouvindo desaforos, contratando comida pra equipe, dando bronca em quem estivesse abaixo de mim. Chega.

No dia seguinte fui a uma agência de viagens e comprei uma passagem pra Nova York com o dinheiro que eu tinha guardado. Eu iria no dia 24 de dezembro e voltaria no final de janeiro. Eu ia ver o Dakota ao vivo e em cores. O Dakota me livraria de mim mesma, das minhas mortes, me abriria novos horizontes. O Dakota *close to me*. Um mês fora era o que eu precisava antes de voltar e recomeçar o que eu tivesse pra recomeçar. Procurar um novo emprego, alugar um apê, morar sozinha, recomeços de uma história que não teve grandes começos.

Deixei o Brasil com quinhentos dólares no bolso e uma mala gigante, porque fiquei muito em dúvida de que roupa levar.

Como fazia frio lá, naquela época do ano, abri meu armário e despejei quase tudo dentro da mala azul-royal que a tia Otília me emprestou. Peguei o avião com um gelo na barriga, uma barriga *on the rocks*, como diria o Nando. Depois de tanta tristeza, eu vivia finalmente um dia feliz.

Minha mãe, Falcon e tia Otília foram me levar ao aeroporto, e depois de mil recomendações as duas me deram tchau de olhos molhados. Acho que a mamãe tinha medo de que eu não voltasse mais. E essa era uma possibilidade.

De certa forma, nunca mais voltei de Nova York. Um pedaço de mim ficou lá pra sempre depois daquelas semanas e de tudo que aconteceu naquele tempo concentrado. Mas vamos por partes.

Nossa expectativa era grande pro lançamento do novo romance do Antônio. Ele tinha me dito uma noite, no jantar, que o sucesso do seu segundo livro é o que faria dele um escritor de verdade.

Na noite de lançamento, a fila pros autógrafos alcançou meio quarteirão da rua da livraria. Muitas fãs esperavam as palavras do escritor assinadas com caneta vermelha na primeira página de seus exemplares de O mistério do vampiro caipira.

Eu tinha achado o título bem ruim, mas não falei nada.

13. Um belo pretexto

SEMANA 1

Pisei em Manhattan numa quinta-feira de manhã, saí do aeroporto e peguei um ônibus direto pro endereço que o Evandro, um amigo da produtora, havia me dado. Era um prédio de apartamentos muito velho, cheio de pequenos estúdios, que uma mulher chamada Mrs. Florence alugava, geralmente pra estudantes ou turistas sem dinheiro pra pagar hotel. Ficava na 71 com a Broadway, no Upper West, perto do Dakota.

Cheguei arrastando minha mala gigante, blasfemando contra ela. Toquei a campainha e apareceu uma mulher de cabelo laranja, olhos verdes e uma sobrancelha dramática, desenhada com kajal. Mrs. Florence. Ela me recebeu com uma cordialidade impaciente, quase antipática, e me encaminhou pro quarto nos fundos de um corredor comprido e sem ventilação. Usava um vestido indiano longo, muitas pulseiras e vários colares e, quando andava, tudo aquilo farfalhava. Ela abriu a porta do quarto e me estendeu a chave. Olhei antes de entrar. Uma decepção: pequeno, escuro, com vista pra parede do prédio vizinho. Assim que cruzei o umbral, ela pediu pra eu preencher uma ficha com meu nome, número do passaporte e telefone no Brasil, e pra eu pagar a primeira semana: sessenta dólares. Em um mês, quase metade da minha grana iria embora naquela espelunca, mas expulsei esse pensamento na hora. Apoiei o papel na mala, preenchi, ela pegou a ficha, o dinheiro e saiu.

    Fechei a porta. Deixei minhas coisas no chão e testei a cama. Dei uns pulinhos sentada pra ver se o colchão me aguentava. Mole, estrado bambo, a madeira rangia. Levantei e fui ver o banheiro: apertado e com manchas de mofo no teto. Girei a torneira do chuveiro, água forte e pelando, pelo menos tinha isso de bom. Desfiz a mala, coloquei as roupas na cômoda, tomei banho e vesti todas as roupas quentes que eu tinha. Camiseta de manga comprida, malha fina, malha grossa, casaco. Peguei vinte dólares, escondi o resto do dinheiro dentro da nécessaire das meias, coloquei no fundo da mala, tranquei com o cadeado e saí.

    O frio jogou um bafo na minha cara. Um frio como eu nunca havia sentido antes atravessou minha pele e fez microbolinhas. O que me esperava ali? Quando o Evandro disse que os estúdios da Mrs. Florence ficavam perto do Dakota, eu não tive dúvida de que era naquele lugar que eu queria ficar. Fui caminhando em direção ao Dakota, o meu cartão-postal particular.

    Querido Nando,

    Quem diria? Aqui estou eu em frente ao Dakota. Atravessei a rua e daqui vejo ele inteiro, de concreto e osso. Te escrevo esta carta porque sei que você iria querer saber deste encontro em primeira mão.

    É um prédio imenso, Nando, uma majestade de cimento. Dá um pouco de medo, não sei se por causa do tamanho, do filme de terror que gravaram lá dentro ou se porque foi aqui em frente que o Lennon morreu. Talvez por tudo isso. E também tem essas grades baixas que o rodeiam, com uns rostos sinistros moldados no ferro. Ao mesmo tempo que me assusta, ele me atrai. Fico fascinada só de imaginar as tantas coisas que devem ter acontecido aqui. Quanta gente importante morou no Dakota? E que ainda mora? Quantas festas, quantos amores, quantos fantasmas? Uma vez o Lennon declarou que ouvia muitos barulhos estranhos no seu apartamento, no corredor do seu andar, nos elevadores. Disse que esses barulhos eram culpa de um fantasma, o Fantasminha Dakota. Sabe o Aleister Crowley? O guru do Raul Seixas? Pois é, ele também morou aqui. Será que foi no Dakota que ele criou a frase "Faça tudo o que quiseres porque tudo é da lei"? Dizem que o Crowley fez tantas sessões de magia negra no apartamento dele no quarto andar que amaldiçoou todo o prédio. E o Júnior do 10 me contou outra história macabra.

Quando Roman Polanski filmou O bebê de Rosemary no Dakota, ele evacuou todo o andar onde ficava o apartamento que serviria de cenário pro filme. Durante as filmagens, os moradores foram transferidos pra hotéis, pagos pela produção. Alguns anos antes, no apartamento vizinho ao set, tinha ocorrido uma tragédia. O filho da moradora havia morrido de uma doença súbita e misteriosa, na própria cama. Era uma criança. Quando eles terminaram a primeira versão do filme, os moradores do andar foram convidados pra uma sessão privê. Todos compareceram, inclusive a mãe da criança morta. Numa das cenas, diante de uma imagem que mostrava a fachada do Dakota, ela deu um grito e apontou pra tela: "É o meu filho!". Ela tinha visto o vulto do menino na janela do apartamento dela. Pararam o filme, voltaram pro ponto em questão e, sim, lá estava um vulto que podia perfeitamente ser o filho morto. Nunca resolveram essa charada.

> *Será que é verdade, Nando? Ou uma lenda urbana, como a nossa Loira do Banheiro?*
> *Minha mãe acha que o Dakota é apenas um pretexto que eu usei pra conhecer Nova York. Pode até ser, mas vamos combinar: é um belo pretexto.*
> Wish you were here, baby.
> *Alice.*

Terminei de escrever e olhei pro Dakota mais uma vez e, por um microssegundo, achei que a Sacerdotisa Flutuante estivesse me espiando de uma das janelas. Mas foi só impressão, como talvez tenha acontecido com a mãe do menino morto. Só impressão. Virei as costas e fui andando pro Central Park.

Assim que pisei no parque, me senti viva e absolutamente livre. O ar fresco e gelado ativou meu sangue e me fez borbulhar. Nova York me fazia borbulhar. Depois de umas duas horas andando por lá, vendo pessoas todas encapotadas correndo, caminhando e patinando no gelo, parei num trailer. Comi um sanduíche e bebi uma coca-cola no país da Coca-Cola, depois refiz o caminho pra voltar ao meu prédio, passei pelo Dakota e dei boa-noite pra ele. Quando finalmente cheguei ao meu quarto escuro e mofado, me joguei exausta no colchão esgarçado.

A noite de Nova York é uma selva cósmica. Uma imensa rede de nicotina, álcool e outras substâncias flana por bares, apartamentos, calçadas. A cidade vibra à noite. De dia, o barulho de buzinas, sirenes de bombeiros e ambulâncias, o tique-taque dos relógios anunciando mais um tiro no meio da rua, mais um guitarrista de rock que não faz sucesso, apesar de tocar melhor que o Keith Richards, mais uma enfermeira tentando em vão aliviar a dor do paciente, mais um advogado que na surdina altera uma palavra no contrato pra ganhar ainda mais dinheiro e poder gastar nas lojas da Quinta Avenida, e mais um bebê, e dois bebês, e mil bebês que irão crescer e fazer muito dinheiro na capital mundial do yuppie.

Vida e morte pulsam sem parar.

Enquanto isso, pessoas dormem nas ruas, ocupam as calçadas, a vida à margem. Vi tanta gente espichada no concreto, debaixo de marquises, pontes, viadutos... A miséria da Nova York do final dos anos 1980 era muito escancarada. Junkies, traficantes, ladrões, gangues disputavam seu quinhão em plena luz do dia.

Nos dias seguintes, andei pela vizinhança e fui me familiarizando com o que havia ao redor.

Vi uma lavanderia com muitas máquinas enfileiradas, onde as pessoas esperavam a lavagem e a secagem de suas roupas sentadas em bancos de plástico, a maioria com um livro ou um jornal na mão. Na parede ao fundo, um imenso relógio. Nesse lugar eu lavei várias vezes as minhas roupas enquanto lia meu livro e observava, entre uma página e outra, os nova-iorquinos e sua lavação de roupas sujas.

Grudado à lavanderia havia o brechó de uma mulher de pele rosada, cabelo vermelho e unhas longas pintadas de verde-fosforescente. Visto da rua, o Brechó Dolly parecia minúsculo, mas, quando se entrava, um corredor comprido e profundo, lotado de roupas, exibia outras encarnações. Fucei todas as araras, vi coisas incríveis e comprei um casaco verde-militar, uma minissaia prateada e uma meia de lã também prateada, tudo por uma bagatela. Dolly devia ter a idade da tia Otília, era muito simpática e com o tempo se tornou uma conhecida-quase-amiga minha, com quem conversei muito. Ela estava em Nova York desde os anos 1960 e ainda tinha um forte sotaque polonês. Me comuniquei com ela no meu inglês escolar, que, antes de ir pra Nova York, eu achava ser muito melhor do que era na real.

Ao lado do brechó havia o salão da Candy e do Mick, dois irmãos gêmeos bochechudos e olhudos. Foi lá que me sentei na manhã do meu terceiro dia em Nova York com uma foto da Mia Farrow no papel de Rosemary, com o cabelo bem curtinho. Mostrei pra Candy e pedi:

I want the same look.

Saí de lá com o cabelo mais curto da minha história ao preço de quinze dólares, o equivalente a dois dias de refeições. Ia ter que trocar o prato-feito por sanduíches, mas tinha valido a pena. Reservei uma mecha comprida e guardei na carteira.

A última vez que eu tinha feito um corte radical foi no dia em que virei amiga do Nando. Me olhei no espelho, satisfeita com a minha nova versão. E me senti mais amalgamada àquela paisagem, mais próxima do John Lennon, do Polanski e do Dakota; eu só não queria era estar perto do diabo, pensei, rindo.

Eu passava as mãos pela cabeça e sentia prazer em tocar os fios curtos e espetados. E pela segunda vez cortar o cabelo me trouxe sorte nas amizades. Quando voltei ao meu quarto, encontrei um bilhete embaixo da porta, escrito em português,

Você quer passar o Ano-Novo com a gente?
Assinado: Marina e João, quartos 710 e 690.

Eu tinha conhecido os dois brevemente na recepção da Mrs. Florence, trocamos algumas palavras e combinamos de um dia fazer alguma coisa. Fiquei feliz de eles terem me chamado pra entrarmos na nova década juntos.

Marina era ruiva de nascença — o vermelho de seu cabelo

era diferente do vermelho tingido da Dolly e das mulheres *new age* da Fazenda Salamandras —, tinha o nariz arrebitado e vinha de Niterói. Havia chegado a Nova York uma semana antes de mim, disposta a passar um ano, aprender inglês e também escapar da família, como eu soube depois. Era do tipo miúda, mas tinha uma potência energética inversamente proporcional ao seu físico; ela não parava um instante, seus gestos eram velozes e assertivos. Tinha a minha idade, mas era muito mais atirada do que eu, mais destemida e desbocada. Ela me fazia rir, me desconcertava, me intimidava e me impulsionava, tudo ao mesmo tempo.

João era uns anos mais velho, de Belo Horizonte, e veio atrás de um namorado americano que tinha dado o endereço errado pra ele. Imagina você chegar numa cidade estranha e descobrir que a pessoa pela qual você está apaixonado, que deu corda pra você, que na verdade te incentivou a vir atrás dela, te enganou completamente, te fez de idiota? Pois bem, ele foi ao endereço que o cara tinha dado, tocou a campainha da casa e ficou sabendo que ali era uma clínica de idosos. Depois de procurar na rua toda pelo namorado — talvez o número da casa esteja errado, pensou —, João caiu na real e se sentiu o cara mais burro do universo. Mas passou e ele deu a volta por cima e começou a trabalhar num bar como garçom. João tinha um jeito mole, engraçado e charmoso que conquistava os clientes. Algumas noites ele chegava cheio de dinheiro das gorjetas e convidava nós duas pra jantar num indiano que tinha ali perto.

Comemoramos a virada do ano num apartamento não lembro de quem, à beira do rio Hudson. Era uma festa futurista, tínhamos de ir vestidos a caráter, eu fui com a minissaia e a meia-calça de lã prateadas do brechó da Dolly e estava parecendo a filha dos Jetsons. Marina foi com um casaco dourado por cima de um vestido verde-vivo e João fez um gorro de papel-alumínio. No começo, achei que ia ser uma festa muito louca, que eu fosse dar com figuras extravagantes, drogas e situações fora do convencional, mas, à medida que os copos de vodca com suco de laranja desciam garganta abaixo, percebi que, no fundo, eram jovens bobos e inexperientes como eu tentando parecer mais loucos do que eram.

Tinha astronauta, robô, um Dr. Smith de *Perdidos no espaço*. Muitas fantasias que mimetizavam o futuro envolviam corpos sem ginga. Incrível como os gringos eram duros pra dançar, a não ser um homem e uma mulher negros vestidos de extraterrestres, que tinham muito molejo. Pareciam deuses de outra galáxia de tão *fucking* lindos. Dançavam no tempo e contratempo do soul que tocava alto, fazendo vibrar as paredes.

Logo depois da meia-noite, ao contrário do que acontecia no Brasil, as pessoas começaram a ir embora e a festa foi minguando. João preparou nossos últimos drinques com os derradeiros finzinhos das garrafas de vodca e algumas gotas do suco de grapefruit. Viramos os copos e saímos também. Voltamos a pé pra casa sob o frio da primeira madrugada de 1990 e continuamos a festa no quarto da Marina. Ali ela me fez o convite:

Estamos alugando o apartamento de um conhecido por três meses. Se você quiser ficar com a gente enquanto estiver por aqui, tem uma vaga no sofá da sala por trinta e cinco dólares por semana. Topa?

Aceitei na hora.

Independentemente do que ele escrevesse, e de como escrevesse, Antônio tinha os ingredientes que faziam dele uma celebridade literária.

Era bonito, muito bonito, com um rosto exótico, de pele marrom-clara, olhos azul-escuros rasgados e cabelo preto liso. Incrível a combinação da cor de sua pele com a cor dos seus olhos.

Tinha um corpo atlético, cultivado em corridas matinais, chuva ou sol, eram dez quilômetros diários.

Sua aparente timidez também era charmosa. Ele só falava quando lhe dirigiam uma pergunta. O resto do tempo ficava quieto, só observando. Isso era irresistível.

A combinação dessas características foi um prato cheio pra divulgação de O mistério do vampiro caipira, coisa que o editor soube aproveitar muitíssimo bem. Quando me toquei, meu namorado era famoso, começou a dar mil entrevistas e a viajar pra eventos pros quais era convidado e pago.

E entre uma viagem e outra foi colecionando fãs.

14. A última década

SEMANA 2

Gostei de acordar em Nova York no primeiro dia da última década do milênio, sabendo que ia me despedir em breve daquela espelunca que era o meu quarto na Mrs. Florence. Eu ia inaugurar uma nova fase no outro apartamento e, mesmo sem ainda conhecer o lugar, tinha a certeza de que estaria mais bem instalada lá. Liguei pra mamãe a cobrar do orelhão da esquina, desejei feliz 1990, contei as novidades — ela quis saber tudo sobre meus novos amigos. Mamãe me disse que tinha ido a uma festa de Ano-Novo com o Falcon e as filhas. Tia Otília tinha prometido ir, mas furou na última hora, como ultimamente andava fazendo. A Bia e o Sérgio passaram a virada com amigos, e o Marcelo não tinha dado notícias. Ou seja, tudo na mesma. Desliguei e voltei pro prédio.

Na recepção, a tevê passava uma retrospectiva do ano anterior, bem na hora da Queda do Muro de Berlim. Sentei numa cadeirinha que tinha lá e fiquei assistindo ao lado do novo porteiro, Juan, um porto-riquenho muito boa-praça.

Um milhão de pessoas foram às ruas. Deram marteladas no muro, subiram nele e derrubaram aquele pedaço de tijolo e concreto que, por vinte e oito anos, dividiu a Alemanha em duas. O muro era mais velho que eu. A televisão americana mostrou uma família do lado oriental que, pela primeira vez em quase três décadas, havia cruzado a fronteira. As primeiras coisas que eles compraram foram barras de chocolate e grãos de café. O pai, a mãe, as duas filhas e a avó estavam extasiados com as luzes e os produtos exuberantes oferecidos pelas lojas. A reunificação das Alemanhas era uma martelada bem dada pelo capitalismo no comunismo. Mas aquele era um lado da história; fiquei curiosa em saber o que teriam noticiado os canais do bloco soviético.

No dia em que o muro caiu, eu estava em casa acompanhando as notícias pela tevê ao lado da mamãe, e lembro bem dela dizendo: Acho que o sonho acabou pro seu irmão.

Nunca conversei com Marcelo sobre esse acontecimento mundial tão importante — com certeza um dos mais marcantes do século XX —, o que me fez perceber como eu estava distante dele, ou ele de mim. Um muro também tinha se erguido entre nós, muro que foi sendo construído de forma invisível, tijolo por tijolo. Quando me dei conta, lá estava ele, alto, intransponível. Que pena.

Quando a tevê mudou de assunto, dei um tchau pro Juan e subi pro meu quarto. Chega de muros.

Decidi me livrar de mais da metade das roupas que eu tinha trazido, inclusive de algumas que eu gostava muito. Joguei em duas sacolas e no outro dia levei na Dolly. Deixei tudo em cima do balcão e perguntei: Te interessa? Ela separou algumas peças — justamente as minhas preferidas — e respondeu: Essas, sim. Me deu trinta dólares. O resto ela falou que podia ficar em consignação. Se vendesse, ela me daria o dinheiro; se não, quando eu voltasse pro Brasil pegaria as roupas e só pagaria pela lavagem.

Topei e saí de lá sem sacolas, com trinta dólares e uma sensação maravilhosa de leveza.

O apartamento da Marina e do João ficava na rua 83 com a York, do outro lado do parque, um pouco mais longe do Dakota. Dois quartos, uma sala com sofá-cama, a cozinha aberta pra sala, um banheiro grande e um jardim nos fundos que naquele momento estava cheio de pedaços de gelo, mas que na primavera estaria todo florido.

Marina ficou com o quarto dos fundos, com vista pro jardim, João com o da frente e eu, como havia sido combinado, com o sofá da sala e duas gavetas na cômoda do quarto da Marina pra guardar minhas roupas. O resto ficaria na mala mesmo. E se por acaso eu arranjasse um namorado, um dos dois me cederia o quarto por um dia — Ou dois dias, se o cara valer muito a pena, disse João, gargalhando. Registramos algumas regras num papel e assinamos com nosso sangue, tomando cuidado de não misturar nossos fluidos. O que quero dizer é que, cada um na sua vez, furou seu dedo e deixou pingar gotas de sangue no papel. O pacto estava selado com os três sangues assinados em momentos diferentes.

Depois que me instalei, fui andar pela nova vizinhança pra conhecer os arredores. Eram dias muito frios e eu me agasalhava com todas as blusas e casacos que tinha. Quando não nevava ou chovia e quando as ruas não estavam tão escorregadias, eu atravessava o parque e ia visitar o Dakota. Levava minha câmera fotográfica de segunda mão que tinha comprado em Chinatown e tirava fotos do edifício de todos os ângulos possíveis. Além de escrever sobre o Dakota, eu tinha um projeto de fazer desenhos dele com base nas fotografias que eu tirava.

A semana voou, o tempo passa mais rápido quando a gente está à vontade na vida. Num sábado à noite, eu estava jantando em casa com a Marina, comendo o quibe vegetariano que a Joana tinha me ensinado a fazer, bebendo um vinho branco vagabundo mas gostoso, quando o interfone tocou. Minha amiga se levantou e foi atender. Do aparelhinho grudado na parede, ouvi sair uma voz do alto-falante:

A Alice está?

Eu conhecia aquela voz. Mas ela estava deslocada naquele lugar, naquele mundo que eu tinha criado pra mim sozinha, sem ajuda de ninguém, sem intervenção, e de repente... bum! Tudo cai por terra.

Meu coração pulsou uma sílaba tônica, cuspi a comida no prato, me levantei estabanada, bati a perna no pé da mesa, doeu, dei uns pulinhos pra espantar a dor, abri a porta do apartamento, atravessei o corredor voando, e então parei. Em frente à porta que dava pra rua, inspirei umas três vezes profundamente e só depois coloquei a mão na maçaneta.

Pedi seu endereço pra Bia, ele disse.

Achei que o André estava lindo. Nervoso e lindo.

Entra, está muito frio.

Afastei o corpo pro lado, abrindo espaço pra ele, que passou a centímetros de mim. Ele foi andando na minha frente devagar, sem saber o caminho. Vá em frente, eu disse com a voz meio sufocada, meu coração batia tão forte que achei que eu podia sofrer um ataque cardíaco ali e morrer na frente do meu primeiro amor. André entrou no apartamento, eu o apresentei a Marina. Não tinha falado muito dele pra ela, não com profundidade. Ela rapidamente pegou um prato limpo, pôs na mesa, pegou uma taça e serviu vinho pra ele.

Vim fazer um curso de regência, André contou.

Nós brindamos a isso. E fizemos outro brinde, e outro, e outro, e desse jantar em diante foi um sonho, o tempo real foi suspenso pra eu viver um sentimento que nunca mais tinha se repetido. A força do primeiro amor é eterna, pelo menos era nisso que eu acreditava naquele dia, naquele lugar.

O jantar terminou, Marina se levantou da mesa, tirou os pratos e foi pro quarto dela. Ficamos só nós dois ali na sala nos olhando, terminando nossas taças de vinho, os dois nervosos, sem saber muito o próximo passo, então ele me convidou pra dar uma volta.

Vamos comprar mais vinho? A noite está gelada, mas acho que a gente aguenta.

A gente se agasalhou bem e saiu em direção ao mercadinho 24 horas que ficava perto do apê. No caminho ele falou de Boston e da sua vida em terras americanas, da universidade, de como era difícil, mas também de como era bom saber que estava cumprindo sua vocação. Falou do jazz, me chamou pra ir ao Village Vanguard um dia, lugar com tantas histórias, tantos músicos tocaram lá, deuses do trombone e do piano. Depois ficou quieto, achei que ia falar mais alguma coisa, mas não; uns segundos depois perguntou de mim.

Como eu não tinha muito o que contar, a não ser sobre o Dakota, a Dolly e algumas impressões dispersas sobre Nova York, acabei falando de uma experiência da Marina. Ela trabalhava como vendedora na seção de perfumes de uma loja de departamentos chique e vivia com dor de cabeça. Durante o expediente, ela ficava em pé ao lado de perfumes caros e sentindo dor de cabeça o tempo todo, pois as clientes que passavam por lá diariamente experimentavam os frascos de demonstração, deixando no ar uma mistura de odores que também causava enjoo e tontura em Marina. Sem saber o que fazer, ela um dia tentou enganar a gerente, deixando no balcão apenas um perfume — o que ela mais gostava — pra ser degustado olfativamente. Até que a gerente percebeu a falta dos outros e perguntou:

Where are the others?

Então Marina teve que tirar The Others do armário onde eles estavam escondidos e colocar no balcão à vista das brasileiras e espanholas, que tomavam banho com esses perfumes que custavam o olho da cara, mas raramente os compravam. Quem comprava mesmo eram as francesas e as árabes, ou então as americanas de outras cidades, que vinham a Nova York comprar e comprar.

André riu da história do The Others.

Contei também de uma mulher que todos os dias aparecia cedo e de cara lavada na seção de maquiagem da loja de departamentos, se maquiava e depois ia pra seção de perfumaria da Marina se banhar em alguma fragrância, cada dia uma. Saía toda montada e perfumada. De segunda a segunda ela fazia isso e ninguém a impedia, nenhum funcionário, nenhum segurança, nem o gerente. Se fosse no Brasil, com certeza ela seria barrada, mas ali, na terra-das-liberdades-individuais-acima-de-tudo, ela podia fazer o que quisesse com os produtos. Ela tinha direito a isso, afinal eles estavam lá pra ser experimentados. *Testers*, diziam.

Um dia fiquei tão curiosa pra conhecer essa mulher que fui com a Marina pro trabalho, e vi a moça: devia ter uns trinta e poucos anos, com uma beleza comum pra uma norte-americana branca, sem nenhum traço marcante, a pele quase desbotada de quem não via a cor do sol.

Fiquei observando ela se dirigir à seção de maquiagem, escolher uma sombra roxa, passar nos olhos e depois aplicar um batom rosa-queimado nos lábios. Nas bochechas, um blush cor de pêssego. Depois ela foi pra seção de perfumes, pegou um frasco sem hesitar e borrifou na nuca, no colo e nos pulsos. Saiu parecendo uma boneca de antigamente, rescendendo a um buquê de flores enjoativo. A Marina contou que todo dia era a mesma coisa, a mulher só variava as cores e a fragrância.

Fiquei com essa moça na cabeça. Pensava em como seria a sua vida, sua casa devia ser um apartamento escuro e mofado como o meu quarto na Mrs. Florence. A solidão que imaginei pra ela me fascinava, eu me interessava pelas histórias invisíveis das pessoas invisíveis. Talvez porque fossem espelhos pra mim.

Mas não sei por que estou falando isso pra você, André, eu disse. Talvez me faltem histórias pessoais, então conto da vida dos outros.

Eu gosto de ouvir suas histórias, você é muito observadora, Alice. Ele me olhou com olhos que pareciam luz negra de tão brilhantes.

Chegamos ao mercadinho, ele escolheu um vinho, pagou e saímos de lá com a garrafa na mão.

Vamos?

Sim, vamos pra casa, respondi.

Peguei na mão dele e caminhamos até o apartamento. No meio do caminho ele parou, abriu o vinho com um canivete, deu um gole, eu dei um gole e ele me beijou. Qualquer palavra que eu use agora não dá conta de descrever o que jorrou de nós a partir daquele instante. Muito menos de explicar aquele tempo que correu como um rio fértil de uma água escandalosamente feliz.

Quando chegamos, Marina estava dormindo no sofá. Então lembrei do nosso acordo selado com sangue. Se eu tivesse um namorado, teria direito a uma noite no quarto. Ou duas, se a história valesse a pena.

SEMANAS 3 E 4

Uns dias depois, num final de tarde, a gente se encontrou em frente ao edifício Dakota. André me abraçou, parecia feliz de me ver e disse: Eu sou o John e você é a Yoko, vamos combinar assim? Pera lá, eu não quero ser a Yoko, prefiro ser a Rosemary, a mãe daquele bebê.

Ele riu muito, não conseguia parar, quase caiu sentado no chão, ainda rindo. O riso dele me contaminou e lembro dessa cena como uma das mais felizes daquela viagem. Os seguranças da fachada não acharam graça, olharam com uma cara séria pra nós, mas a gente continuou rindo até doer a barriga.

Fomos comer falafel na esquina da 72 com a Broadway, e depois passamos em frente ao brechó da Dolly, que ainda estava aberto. Entramos, eu apresentei o André:

Dolly, my boyfriend from Brazil.

De lá fomos pra casa — não havia ninguém — e dançamos na sala alguma música boa. Depois que a gente transou ele me abraçou por trás na cama e, nesse momento, sem me virar, perguntei da Dalva. Ele ainda não tinha falado dela e eu me sentia mal com isso. E o filho deles? Era como se ele estivesse dividido em dois, um lado dele era só pra mim e o outro era da Dalva e do filho. O André nunca estava inteiro.

Ouvi sua voz distante — como se estivesse em outro planeta e não grudado no meu corpo — falando da Dalva, do carinho imenso que sentia por ela e de como a história deles era doce e suave. E o filho? Ah, era esperto e já tinha um dom musical manifestado precocemente.

Fui engolindo aquela história, ela crescendo dentro de mim até se tornar indigesta, tão indigesta que eu quis fugir. Me levantei correndo, fui pro banheiro e lá vomitei meus ciúmes, meu almoço e jantar, depois lavei o rosto, as lágrimas, a boca, escovei os dentes e voltei. Olhei pro André na cama e vi um André pela metade, como se ele estivesse serrado ao meio, feito o vilão da KAOS num episódio do seriado *Agente 86*. Me deitei o mais distante da pele dele que pude.

O tempo passou rápido e um dia antes de o André voltar pra Boston, pra vida dele, passamos a noite acordados.
Lembro das palavras dele.
Nossa história mal começou, a gente ainda vai ficar muito juntos, Alice, minha Rosemary.
Falava Rosemary com um sotaque americano do Texas, pra fazer graça e deixar mais leve aquela atmosfera que pesava uma tonelada. Eu não sorri.
Numa sexta-feira, às três e meia da tarde, estranhamente na mesma hora em que eu tinha nascido, André subiu no seu ônibus pra Boston e eu caí num buraco sem coelho, sem rainhas nem rei. No País das Desmaravilhas. Esse poderia ser o título do meu livro.

DOMINGO À NOITE, SEMANA 4

O telefone tocou, era mamãe.
Minha filha, que saudades!
Eu também, mamãe.
Está chegando o dia de você voltar, não está? Não vejo a hora. É dia 30?

Então, mãe, estou pensando em ficar mais um tempo. Voltar só em março.

[Minissilêncio]

Mais dois meses? Mas como? Com que dinheiro?

Vou trabalhar. Fiz uma amiga que é dona de um brechó e ela está precisando de uma ajuda pra organizar o estoque. Eu aceitei. No final de março eu volto. Está sendo muito bom ficar aqui, conhecer outra cidade, meu inglês está cada dia melhor e isso vai me ajudar profissionalmente. A Marina e o João são superlegais, a gente está se dando bem.

Mas e a passagem?

Já vi que posso remarcar pagando uma pequena taxa.

[Silêncio gigante]

Mudei a rota da conversa e perguntei dela, do Falcon, da Bia e depois de alguns segundos carrancudos ela continuou a falar.

Numa de suas voltas pra casa, depois de uns dias fora pra cumprir a agenda de lançamentos de O mistério do vampiro caipira, *Antônio estava carinhoso e feliz. Chegou, colocou a mala no chão da sala, me abraçou e me convidou pra jantar fora.*

Fomos ao Longchamp, lugar que eu adorava. Pedimos uma lasanha e dois chopes. Quando terminamos de comer, ele me deu uma caixinha preta com um laço azul-marinho.

Abri. Era um par de alianças. E um bilhetinho.

Alice, você é a maior personagem da minha vida.

15. *Pleased to meet you*

SEMANA 5

Comecei a trabalhar na Dolly numa segunda-feira às nove da manhã. Eu tinha de organizar a nova leva de roupas que havia chegado. Uma velhinha da rua 71 com a Amsterdã tinha morrido e as sobrinhas trouxeram três malas lotadas de echarpes de seda dos anos 1940 e 1950, camisas, saias, mantôs, calças de lã praticamente novas. A velhinha era do meu número. Além dela, uma moça polonesa, amiga da Dolly, que trabalhava com produção de fotografias de moda, estava indo embora de Nova York e deixou umas sacolas de roupas na loja, inclusive um vestido de noiva. Eu tinha que olhar peça por peça, verificar manchas, fios puxados, botões faltando, rasgos, cheiros estranhos, entre outras marcas de vidas passadas. E separava em três categorias: peças muito surradas, bem vividas e quase novas. Depois encaminhava pra lavar e passar. O trabalho me absorvia muito e, estranhamente, eu quase não pensava no André. Achei que tinha me curado dele, daquela paixão sem futuro, paixão sem um brechó pra se reciclar.

SEMANA 6

Minha menstruação estava atrasada. Toda hora eu olhava a minha calcinha seca, sem sangue, até que um dia fui à farmácia da Lexington e comprei um teste de gravidez. Era sábado de manhã, eu não ia na Dolly. Me tranquei no banheiro. Fiz xixi.
Esperei.
Deu positivo.
Me olhei no espelho e comecei a chorar e a rir, a-pa-vo-ra-da.
Estou grávida.
Pensei em ligar pro André e contar: Vem pra cá, tô grávida.
Mas fiquei em dúvida. Mesmo que eu conseguisse o telefone dele com o Sérgio, e se a Dalva atendesse? Desisti e decidi falar com o Nando.
Eu tinha comprado um gravador na lojinha do seu Salim pra registrar os meus pensamentos, coloquei a fita e dei play.

Nando, hoje é o dia mais louco da minha vida. Eu estou grávida. Pregnant. Prenha, como se diz no mundo dos animais. Sou uma mamífera prenha. Estou com vontade de fazer xixi e, enquanto falo com você, faço xixi. Estou com sono, quando eu terminar de gravar esta mensagem vou dormir, vou capotar de sono. Eu devia estar feliz, mas estou triste. E com medo. E pensando no meu futuro. Sem emprego de verdade, sem casa, sem ninguém e já com um bebê pra criar. Acho que é menina. Sinto uma menina de cachinhos se formando no meu útero, entre meu fígado e meus rins, embaixo do umbigo. Uma minivagina. Minhas vísceras ninam esse feto. A meni-

na vai crescer e me desafiar. Vai me amar e me desprezar, exatamente como acontece comigo e com a minha mãe. Eu quero ficar feliz, apesar de o pai da minha pequena semente estar longe e não ter me mandado nem uma fucking message dizendo: Estou morrendo de saudade de você, minha Rosemary. Mas que importância tem isso? Importante mesmo sou eu, e a minha filha, como sempre foi entre mães e filhas, desde o começo dos tempos. Intuo uma grande revolução dos hormônios. Sou uma mamífera prenha e meu peito dói, o bico do meu peito está sensível e tô com tesão e vontade de foder a noite inteira, a noite inteira. Ui, isso lá é frase de uma mãe falar? Como está aí? Você já passou pelo purgatório? Já cruzou o portão? Agora estou com enjoo, mas é tudo da minha cabeça, porque acabei de pegar o resultado, nem deu tempo de o meu cérebro reconhecer o positivo desse negócio que comprei na farmácia. Estou em Nova York, Nando, como eu contei naquele dia em frente ao Dakota. Hoje é sábado. Estou com vontade de fazer outro xixi. Lá fora está um dia cinza, sem graça, com um resto de neve na calçada, o que é perigoso da gente escorregar, e está frio, de doer os ossos.

Passei o resto do dia na cama. Dormia, acordava, comia. Me deu fome e vontade de vomitar a minha fome, todos os sintomas da gravidez surgiram de repente. Me olhei no espelho e achei que a minha cara já estava bolachuda e que o meu nariz tinha ficado embatatado.

Vou ter um filho de um cara que já tem um filho e uma mulher. Um homem dividido. Vou ser mãe solteira numa cidade estranha. Não contei pra ninguém, só pro Nando, que já morreu. Eu contaria pra minha amiga de infância Maria Fernanda, contaria pro Júnior do 10, mas eles não estão aqui. Ainda não contaria pra minha mãe, porque ela ia querer que eu voltasse pro Brasil no mesmo instante. Talvez eu conte pra Tia Otília e pra Bia, mas ela vai contar pro Sérgio, que vai contar pros pais, que vão abrir o bico pro André. E enquanto eu imaginava diálogos entre todos eles, o choque, a dramaticidade da minha mãe, a porta se abriu e a Marina entrou cheia de sacolas da Century 21, a loja com preços imperdíveis onde todo mês ela deixava boa parte do salário que ganhava na seção de perfumes.

Alice, não resisti. Olha só, ela disse toda animada.

Tirou as roupas da sacola e foi me mostrando as novas aquisições. Era um vestido mais lindo que o outro. Ela colocava na frente do seu corpo miúdo e ágil e perguntava:

De qual você gosta mais?

Apontei pro meio laranja, meio rosa, combinava com a pele meio laranja, meio rosa dela.

Alice, vai ter uma festa hoje na casa de um alemão que eu conheci, é o cara mais impressionante que já vi. Por esse homem eu largava tudo! Vamos comigo! Preciso de uma amiga pra me amparar, vai ser emoção demais pra mim. E você tem que sair mais, levantar desse sofá, ir pra rua. Chega de passar o fim de semana enfurnada em casa, né? Vem comigo?

Eu ia dizer: Não, de jeito nenhum. Mas, não sei por que, respondi: Sim. E esse Sim causou uma revolução na minha vida.

O amigo alemão da Marina era um sujeito apavorantemente bonito, pele branca meio castanha e olhos cor-de-mel amendoados. Tinha o jeito de andar de um grande felino e de sua boca saía um inglês perfeito. Uma beleza de vulcão que de início me intimidou.

Entendi a paixão fulminante da Marina por ele. Klaus devia ter mais de trinta anos, era diretor de arte de uma agência de propaganda em Berlim e tinha vindo a Nova York pra trabalhar e fazer um curso de design gráfico numa universidade.

Na festa também fiquei meio siderada por ele. Seus gestos, o modo como se movimentava entre as pessoas... Klaus era o homem mais homem que eu já tinha visto. Deixava todos os outros com jeito de meninos. Especialmente o André. Aliás, nem pensei no André nessa noite. Eu estava na órbita do alemão. Era difícil desgrudar os olhos desse cara que havia nascido e crescido numa cidade dividida por um muro, cravejada de buracos da guerra.

Quando pisei em Berlim muitos anos depois, entendi o Klaus. Mas ali, naquela noite, era como se eu estivesse diante de uma galáxia distante da minha.

Marina estava animada, virou muitos drinques, mas ele não dava muita bola pra ela. Quando já estava bem alta, ela começou a ir atrás dele. Decidi intervir, não deixar Marina se expor e a trouxe pra ficar comigo no canto da sala onde eu estava. Poucos minutos depois, Klaus se aproximou.

Vem aqui que eu quero te dizer uma coisa bem baixinho, Marina balbuciou pra ele, enrolando as palavras.

Ele sorriu. Eu sorri. E quando ele se abaixou pra ouvir o que ela queria dizer, ela tascou um beijo na boca do Klaus e perdeu o equilíbrio. Ele a segurou, disse em inglês que ia buscar água e foi se afastando. Ela foi atrás dele, enrolando as palavras.

Pra evitar mais uma cena patética, conduzi a Marina até o banheiro. Molhei seu rosto com a água gelada da pia, ela tentou vomitar, segurei a cabeça dela, ela vomitou, lavou o rosto, e ficamos assim por um tempo, até ela se recuperar minimamente. Quando saímos, vi Klaus conversando com duas meninas lindas.

Peguei minha bolsa, meu casaco, a bolsa da Marina e falei duro com ela: Vamos pra casa!

Abri a porta e, quando estávamos saindo, ele nos alcançou.

Perguntou se não queríamos ficar mais um pouco, até a Marina melhorar, eu disse que ela já estava melhor, só precisava dormir, e que a gente ia pegar um táxi.

 Klaus me estendeu a mão pra se despedir, eu estendi a minha, apertei a mão dele, e nesse toque fomos atingidos por uma forte corrente de energia. Ele falou bem baixinho: *Pleased to meet you.*

 Eu só olhei pra ele, sem dizer nada. Peguei o elevador com a Marina quase apagada ao meu lado. Na rua fiz sinal pra um táxi, que parou. Com dificuldade, empurrei a Marina pra dentro, seu corpo desabou no banco. No caminho fiquei olhando as luzes da cidade, tanta vida lá fora e aqui dentro, lembrei da música "Sympathy for the Devil", dos Stones, que tocava no momento em que pus os olhos no Klaus. Acariciei minha barriga.

 Chegamos em frente ao nosso prédio, paguei a corrida, uma pequena fortuna, puxei a Marina pra fora do carro, abracei forte seu corpo e entrei com ela no prédio e depois no nosso apartamento. Fomos direto pro quarto dela, tirei sua roupa e enfiei uma camisola nela. Disse pra ela ir ao banheiro, mas ela já estava em outro mundo, apagou na cama. Saí do quarto, fechei a porta e fui fazer um chá.

 Que loucura é essa? Estou grávida e no cio? Me encantei pelo alemão. Ele mexeu comigo tanto quanto o André na primeira vez em que olhei pra ele. Isso tinha acontecido uns quatro anos atrás, mas parecia muito mais. Me sentei na poltrona de frente pro jardim com os arbustos de gelo e fiquei pensando em como a gente é besta quando acha que nesta vida só se ama uma vez.

 Dormi com a xícara vazia nas mãos, quem me acordou foi o João, quando chegou do trabalho.

 Domingo amanheceu com meus pensamentos seguindo mais ou menos esta ordem: os olhos do Klaus, os gestos dele, a força e a leveza com que se ele movia, a forma como me olhou ferozmente, havia encanto e raiva no seu olhar, Marina vomitando, Marina tentando beijar o Klaus, minha filha de olhos azuis e cachinhos escuros, o André na frente do Dakota imitando o John Lennon, a Rosemary tentando matar seu bebê. Minha bebê encaracolada. A Rosemary comendo carne crua e jogando Scrabble. Quero ver o Klaus de novo. Vou contar pra Bia da minha gravidez. Não quero voltar pro Brasil. Vou ter minha filha aqui. Tenho certeza de que assim que souber da novidade minha mãe vai perguntar: Essa criança vai ter o sobrenome do pai? A Rosemary sonhando com o demônio. Quero ver o Klaus de novo. Será que ele me ajuda a criar minha filha? Sacudi a cabeça, expulsando os pensamentos. Mal conheci o cara e já estou me casando com ele. Levantei com um puta enjoo.

Tomei um banho longo, olhei minha barriga, nada ainda, absolutamente nada. Alisei minha pele, passei óleo de amêndoas no corpo todo, toquei meus peitos, estavam cheios como pneus calibrados, achei os dois lindos. Então me sentei na banheira, deixei a água cair em mim, me toquei e gozei pensando no Klaus, uma pequena morte, como dizem os franceses sobre o orgasmo. O enjoo passou.

Me vesti e fui preparar o café da manhã. Arrumei a mesa, fiz ovos mexidos, aqueci os pães no forno, fiz café e esquentei o leite. Logo apareceu o João.

Bom dia, ele disse com seu bom humor de sempre. Como foi ontem? Aposto que vocês duas fizeram uma puta farra.

Uma das coisas de que mais gosto no João é como ele é ligeiro. Contei da noite, da festa, da bebedeira da Marina, da dificuldade de trazê-la pra casa. Ele ouviu tudo e falou:

Marina está obcecada por esse alemão, fica atrás do cara o tempo todo. Parece que ele tem uma namorada meio esposa lá em Berlim, se não me engano os dois têm até um filho. Mas são só comentários que eu ouvi, ninguém sabe direito da vida dele. É muito mistério.

Onde a Marina conheceu o Klaus?

Amigo do amigo de um amigo. Alguma coisa assim. A gente estava no Saphire, o Klaus apareceu lá e a Marina gamou na hora.

João era magro, alto e tinha um rosto que parecia uma ave de rapina. Eu gostava dele, mas não confiava nele. Em algum momento a sua piada fácil se tornava uma zombaria, um pequeno veneno, uma traição, eu ficava com o pé atrás, mas no momento seguinte ele me surpreendia com um gesto amoroso. Imprevisível. André o definiu como uma nota dissonante: causava estranheza.

Enquanto João contava do seu trabalho e das pessoas que tinham ido ao bar na noite anterior, Marina chegou. Estava com uma aparência péssima, a cara amassada, o rímel borrado, o cabelo de dar dó.

Quero morrer, ela bradou, dramática.

Vem tomar café e comer alguma coisa, falei.

Quero morrer, morrer de morte morrida, ela reforçou.

Não, meu amor, disse João, tudo que você quer é a vida depois da ressaca.

O que aconteceu ontem, Alice?, ela perguntou. Não lembro de absolutamente nada, quer dizer, lembro só de alguns flashes. Sei que virei uns três copos de uma bebida cor-de-rosa-cheguei que não tenho a menor ideia do que era. Acho que foi esse drinque que acabou comigo.

Também, o que se pode esperar de um drinque pink?, disse o João, piscando os olhos, zombeteiro.

Contei tudo, menos que ela beijou o Klaus, achei que saber disso só a deixaria pior. Ela ouviu atenta, com uma ruga enorme entre os olhos. Parece que o Klaus era o primeiro cara que não dava bola pra ela. Marina não estava acostumada com rejeição. Ela tomou café, comeu um micropedaço de pão, quase uma migalha, e voltou pra cama.

Depois de eu tirar a mesa e arrumar a cozinha com o João, fui dar uma volta. Me sentia estranha e um pouco zonza. Desde que tinha chegado a Nova York minha vida parecia um filme de ação em que tudo acontece ao mesmo tempo em apenas duas horas.

Decidi ir a Chinatown, queria passar o dia sozinha, ir a um café de que gostava. Peguei o metrô, desci no bairro chinês e saí andando rápido pra me abrigar num lugar quentinho. O caminho, que eu já tinha feito outras vezes, teve um gosto diferente quando reconheci o prédio do Klaus, onde tinha acontecido a festa.

Klaus. Até o nome era nome de homem.

Passei direto pelo prédio e continuei caminhando. Começou a nevar fininho, abri o guarda-chuva, subi a gola do meu casaco e ajustei o gorro de lã na cabeça. Cheguei ao café, pedi um chá, abri meu *Trilogia de Nova York* e a seguinte frase pulou do livro feito o cuco de um relógio de casa de avó:

Nada é real a não ser a mudança.

É isso aí. De uma hora pra outra tudo muda. Foi assim com a morte do papai, com a doença do Nando, com o acidente da Joana, com meu caso com o André. Com o muro de Berlim. Fiquei pensando nisso tudo enquanto terminava meu chá.

De repente ouvi meu nome ser chamado por uma voz forte, com sotaque alemão.

Alice, você é a maior personagem da minha vida, repetiu o Antônio.
Estávamos no quarto chope. O Longchamp lotado. Meu namorado, olhando sério pra mim, esperava uma resposta.
Pra que aliança, Antônio? Já não somos aliados?
Ritual é importante. E, além do mais, por que não? Qual é o problema de colocar um anel no dedo? Vai mudar alguma coisa? Não!
Pedi mais um chope, olhei pra ele, que estava ainda mais bonito naquela noite, naquela luz. A luz é tudo pra beleza, pensei.
Você quer ritualizar com festa? Com uma cerimônia religiosa?, perguntei.
Não. Só eu e você no civil, quero formalizar a nossa história. Talvez a gente precise de duas testemunhas.
Mas não vou mudar meu nome. Serei pra sempre Alice Brás, respondi, concordando com o casamento.
Nem eu ia pedir que você mudasse. Só cartório, alianças e uma noite num hotel, que tal?

Mas e seus pais, minha mãe, minha irmã, meu cunhado, o Júnior do 10? Não vamos chamar ninguém?

Depois a gente faz um almoço e chama todo mundo, que tal?, ele propôs.

Eu aceitei, meio a contragosto, mas aceitei.

Ele se aproximou, me deu um selinho e disse: Eu faço tudo o que você quiser.

Mentira, pensei.

16. Um alemão na minha vida

SEMANAS 7 E 8

Klaus e eu ficamos conversando até a hora do almoço. Ele me contou da sua vida em Berlim, do seu trabalho como diretor de arte na agência, da sua filha Klara com K, que tinha oito anos e morava com a mãe, falou dos artistas de que gostava, dos museus que visitava e me chamou pra ir ao MoMA com ele. Superconcordei. Saímos do café, pegamos o metrô e, no trajeto, falei de mim, acho que me sentia represada, precisava conversar. Destravei meu inglês — que ainda não estava tão bom, mas se mostrava cada dia mais solto — com o gringo alemão, que estranhamente me fazia sentir muito à vontade. Contei da minha família, das minhas mortes, do amor que eu tinha vivido com o André e da minha filha. Klaus, um desconhecido, foi a primeira pessoa viva a saber que eu estava grávida.

Estou grávida, acabei de descobrir, você é a primeira pessoa a saber, eu disse, cuspindo as palavras.

Estávamos sentados lado a lado no vagão, e depois dessa notícia ficamos em silêncio. Olhei de rabo de olho pra ele, sentia seu cheiro tomando conta do ar, meu olfato estava muito apurado. Eu era um bicho, sentia o mundo pelo nariz. Balancei, como se estivesse num barco no mar — sem nunca ter estado num barco no mar.

Descemos na estação perto do MoMA, quando fomos atravessar uma rua, senti as pernas bambas, quase caí, Klaus me segurou com firmeza, me deixou sentada na entrada do museu e foi comprar água num trailer de comida árabe. Quando estava voltando, prestei mais atenção nele, no seu jeito de andar, em suas roupas e mãos enormes. Com ele eu me sentia à vontade, mas ele também me inibia, me atraía e me apavorava, tudo junto, numa mistura de sensações que me deixava tonta. Depois que bebi toda a água, entramos no museu.

Morri e simplesmente acordei no Olimpo. Foi assim que me senti ao caminhar pelas grandes salas do MoMA. Vi expostos nas paredes Picasso e suas mulheres de olhos tortos, Matisse e suas cores, Van Gogh e sua noite de estrelas, e Dali, que, de tão surreal, parecia ter tomado o mesmo chá que eu na Fazenda Salamandras. Vi o impressionante Cézanne, amei a suavidade psicodélica de Monet, mas nada me tocou tanto e tão fundo quanto a tela *Number 31*, de Jackson Pollock.

Se eu tivesse que escolher um deus naquele dia, seria ele. Fiquei de cara quando vi aquela tela. Klaus me contou sobre *action painting* e sobre esse artista que, em vez de pintar na vertical, colocava a tela no chão e jorrava tinta automotiva sobre ela, com movimentos de corpo parecidos com uma dança.

Fiquei muito tempo sentada num banco olhando pra tela *Number 31*. Depois me levantei e continuei meu percurso. Percebi que havia poucas obras de mulheres. Cadê as artistas? O mundo é do homem, costumava dizer tia Otília. O Olimpo também é do homem, pensei. Espero que minha semente de bebê cacheada cresça num mundo com mais espaço pras mulheres. Com mais paredes livres pra nossa arte.

Klaus, que estava vindo de outra sala, se aproximou e disse que o museu já ia fechar, então fomos pra saída. Já era noite. Eu queria saber mais do Pollock, mas fiquei com vergonha de dizer que até então nunca tinha ouvido falar dele. Decidi que, enquanto eu estivesse na cidade, iria a todos os museus de Nova York. A todos.

Na saída do MoMA, Klaus perguntou se eu estava melhor. Eu disse que sim e ele falou que gostaria de me ver de novo. Eu concordei e ele me estendeu um papelzinho com o número de telefone da agência, pra eu ligar no horário comercial. Ele se despediu de mim com um aperto de mão, virou as costas e foi embora sem olhar pra trás.

Fiquei olhando o papelzinho por algum tempo antes de guardar na carteira. Peguei o metrô pra casa. Estava exausta, tão cansada que acho que cochilei no trem; felizmente acordei na minha parada. Desci e fui andando pelas ruas que separavam a estação do nosso apê, ainda atordoada com o dia, com Pollock, com o alemão. Em casa, tudo estava muito quieto. Fui até o quarto do João, ele dormia com o fone de ouvido na orelha, Marina também estava dormindo em seu quarto.

Tomei um banho e me deitei no sofá. Dormi quase imediatamente, logo depois de sentir os olhos do Klaus cravados nos meus.

Na segunda-feira, eu ainda estava bem confusa por causa do meu encontro com o alemão. Não sabia o que sentia por ele, era algo magnético, me paralisava, porém... Queria contar pra

Marina sobre o encontro, mas estava sem graça. À noite, quando saí da Dolly, fui direto pra casa, preparei uma sopa e esperei por ela. Arrumei a mesa, acendi uma vela e coloquei dois pratos. Quando ela chegou, se sentou, eu servi a sopa e anunciei:

Marina, estou grávida do André.

Ela me olhou surpresa, ficou girando a colher no prato até perguntar: Você está feliz?

Estou feliz, mas com medo, respondi. Morrendo de medo, pra ser bem sincera. Decidi que vou ter o bebê, só não sei se quero ter aqui, sozinha. Preciso contar pro André, e isso vai ser bem complexo. Acho que vou antecipar minha volta pro Brasil. Não queria ir embora justo agora que estou começando a entender bem o inglês, a cidade, mas não vou ter uma criança aqui sem a minha família, sem grana.

Ela me olhou emocionada e disse: Eu entendo, se eu fosse você também iria embora. Mas se você decidir ficar, te dou uma força.

Me debrucei sobre a mesa e peguei suas mãos miúdas e frias de dedos longos. Ela tinha mão de pianista, como as do Júnior do 10.

Tenho outra coisa pra te contar. Ontem encontrei o Klaus por acaso.

Onde?

Contei do encontro no café, da nossa conversa e da ida ao MoMA. Enquanto eu falava, notei uma sombra de raiva se formando em seu olhar. Marina ouviu atenta e, no meio de uma frase minha, recolheu suas mãos, se levantou e foi pro quarto. Bateu a porta com força.

Achei uma reação meio exagerada. Depois pensei que eu também tinha exagerado. O jeito que contei, a minha postura, parecia que eu estava me sentindo culpada por alguma coisa. Mas nada havia acontecido entre mim e Klaus. Ou será que tinha?

João chegou, servi um prato de sopa pra ele. Chamei a Marina. Nada. João se sentou à mesa e avisou: Estou indo embora. Ryan vai abrir um restaurante em San Francisco e me chamou pra ir junto. Tô saindo em uma semana. Vou deixar pago o mês todo, queria falar com vocês duas juntas. Ele olhou pra porta do quarto da Marina e perguntou: Aconteceu alguma coisa?

Aconteceu, mas foi só um mal-entendido, falei.

Contei tudo e, conforme eu falava, sentia um alívio, como se estivesse destravando uma parte importante da minha engrenagem interna. João ouviu atento, depois se levantou e me deu um abraço demorado. E falou baixinho:

Vou sentir saudades do seu silêncio.

Em relação à Marina, ele continuou, ela é uma mimada do cacete, deixa pra lá, daqui a pouco passa. As coisas sempre têm que ser do jeito dela, senão ela emburra. Cansei. Ela pirou nesse alemão que nunca deu a menor bola pra ela, aliás acho que é por isso que ela pirou nele. Pra conquistar, saca?

Terminamos de jantar e fomos olhar a lua pela janela da sala. Estava uma bola cheia. Colocamos duas cadeiras lado a lado, sentamos, e João continuou falando dos seus sonhos, do restaurante, do chefe, do último paquera, de novos drinques, da música da vez, um assunto atrás do outro, numa fila interminável de palavras. Eu ia sentir falta desse caos.

SEMANAS 9 E 10

Metropolitan, Whitney Museum, Guggenheim, Frick Collection, Museu de História Natural, fui a todos eles, e o Klaus foi meu parceiro na maioria das visitas. Falou dos movimentos artísticos, dos seus artistas preferidos e eu ia entendendo mais e mais, meu inglês cada dia melhor.

Pollock não saía da minha cabeça. Klaus me deu um livro sobre ele, comprado numa loja enorme de livros usados. Está na minha estante até hoje.

Klaus. Klaus. Klaus.

Foram duas semanas intensas. Nesse período quase não lembrei do André. Meu amigo alemão eclipsou meu primeiro amor. Todos os dias a gente se via. A agência de propaganda onde ele trabalhava ficava perto do brechó da Dolly, então ele passava na loja no final da tarde, me pegava pra irmos tomar um café, comer um falafel, falar sobre nada. E depois tchau.

Eu me sentia bem com a gravidez, sem nenhum sintoma de enjoo ou coisa parecida. Pelo contrário: estava com apetite, me sentia faminta, em todos os sentidos. Durante esse tempo, a Marina ficou muito fria comigo. Todas as noites eu cozinhava e colocava dois pratos na mesa. Quando ela estava em casa, se trancava no seu quarto e não aparecia pra jantar, mesmo depois de eu chamar. Não tinha o que fazer, era dar tempo ao tempo. Logo eu iria embora dali e aquele capítulo iria embora também da minha vida.

Um dia combinei de almoçar com o Klaus e ele não apareceu. Liguei na agência e disseram que ele não tinha ido trabalhar, não sabiam o que havia acontecido. No dia seguinte fui ao prédio dele em Chinatown e falei com o porteiro. Ele achava que o Klaus tinha viajado, porque não aparecia desde o fim de semana — a última vez em que havíamos nos encontrado. Deixei meu telefone pro porteiro me ligar assim que tivesse alguma notícia. Nos dias seguintes o procurei de novo na agência, ainda não sabiam dele, voltei ao prédio em Chinatown, nada. Klaus tinha sumido na poeira de Nova York.

Ele tinha sido um relâmpago na minha vida. Me apaixonei pelo impacto do nosso primeiro encontro, me apaixonei pelas nossas conversas, pelos momentos que dividimos. Uma noite houve um beijo, e só. Um beijo que parecia um mar revolto. A gente estava tomando um café perto do Metropolitan Museum e, na hora de nos despedir, ele puxou meu braço e me beijou. Fiquei sem ar, é meio óbvio dizer isso, mas foi exatamente o que senti, sem ar. Quis buscar oxigênio dentro dele, ele me faria respirar de novo, mas então ele me largou e disse Tchau, com seus olhos de fogo, mar, vento — o Klaus me fornecia os elementos essenciais. Havia uma bruta tensão sexual entre nós, como há em certas relações de amizade, e essa tensão movia a nossa vontade de estar juntos. Mas por algum motivo — minha gravidez? — a gente nunca tinha ido além desse beijo.

Nos dias depois do beijo ficamos sem nos ver e quase enlouqueci, sentindo um imenso vazio, como se todas as milhões de pessoas que dividiam comigo o céu e o chão de Nova York tivessem desaparecido e eu vivesse numa cidade fantasma, só eu e o meu desejo. Até que no terceiro ou quarto dia, no final da tarde, lá estava ele me esperando na frente da Dolly encostado num carro, com seus olhos que jorravam faíscas, e fiquei tão esfuziante de ver o Klaus que quase joguei meu corpo no corpo dele.

Ele me convidou pra irmos ao MoMA de novo e pensei em dizer que eu estava apaixonada, grávida e apaixonada por ele, eu ia dizer, só estava escolhendo o melhor momento e, enquanto não vinha a coragem, fomos andando até o metrô e depois até a rua 53, calados, os dois respirando forte, meio fora de ritmo, eu me sentia assim, meio fora de ritmo, um pouco tonta, e achei que ele estava nervoso também. No museu, ele me levou direto pro *Number 31* do Pollock e ficamos ali, de pé diante do quadro, olhando as cores, a dinâmica, a força da imagem. Até que o Klaus pegou nos meus ombros, me virou, olhou sério pra mim, profundo, e falou que queria me dizer uma coisa importante, e quando ele já ia falar eu comecei a me sentir mal, a suar frio, uma pontada de cólica horripilante me atravessou, algo de errado estava acontecendo dentro de mim. E quando fui falar que estava passando mal, desmaiei.

Acordei com o Klaus e o segurança do museu me amparando, depois o Klaus me colocou num táxi e me levou pra um hospital. E aí tudo se embaralhou. Não lembro direito a ordem das coisas, mas lembro que eu estava deitada numa cama, com o Klaus ao meu lado, e apareceu um médico vestido de branco dizendo *I am so sorry*. Perguntei o que tinha acontecido comigo e ele disse que eu havia sofrido um aborto espontâneo. Infelizmente acontece, disse o homem. Sorte é que você foi socorrida logo. Olhei pro Klaus e lágrimas desceram soltas pelo meu rosto.

Nas famílias mais solitárias do planeta, acontece.

Perdi minha semente cacheada. Perdi meu elo com o André, o que poderia me ligar definitivamente ao meu primeiro amor. Mais uma morte pra minha coleção de mortes. Senti um vazio tão grande.

Klaus permaneceu comigo no hospital, um totem de silêncios e cuidados, e no dia seguinte me levou em casa de táxi. Entrou comigo quase no colo, me pôs na cama do quarto do João e, com sua voz de trovão, pediu pra Marina cuidar de mim e ligar pra ele caso eu precisasse de alguma coisa. Eu queria que ele ficasse comigo, mas não pedi. Ele me deu um beijo na testa e saiu. Era domingo. Eu dormi. Dormi muito. Depois amanheceu uma imensa tristeza em mim. Minha semente de cachos tinha me rejeitado, assim como o pai. Nenhuma semente vinga sem rega, essa é a lição número um de qualquer botânica. E a vida é botânica. Somos plantas.

Fiquei uns dias muito mal e a Marina esteve o tempo todo ao meu lado, me protegendo dos estímulos externos.

Minha mãe tinha ligado e a Marina disse que eu tinha saído.

Ela avisou a Dolly, que falou pra eu não me preocupar em ir à loja.

O Klaus telefonou algumas vezes pra saber de mim. E o André, ligou?, perguntei. Nem sinal. Mesmo sem ele saber da filha que quase tivemos, eu esperava que ele me procurasse. Eu queria acreditar que a nossa ligação era maior do que tinha sido e que meu encanto por ele ainda existia, embora no fundo eu desconfiasse que meu sentimento pelo André, àquela altura, era mais teimosia do que outra coisa. Uma vontade infantil, de contos de fadas, de que meu primeiro amor durasse pra sempre.

Depois que me recuperei fisicamente, Klaus e eu voltamos a nos encontrar. Continuamos indo a museus, exposições, frequentando o café em Chinatown, mas nunca mais pintou um clima entre nós. Não visitamos mais o MoMA, não ficamos mais de frente pra tela *Number 31* do Pollock. Nunca fiquei sabendo o que ele queria me falar naquele momento fatídico antes de eu passar mal. Fiquei com vergonha de perguntar, achei que com o tempo ele poderia voltar a esse assunto. Também nunca contei a ele que eu estava apaixonada e apavorada. Mas é que eu acreditava que qualquer dia essa paixão ia escapar naturalmente da minha boca. Falamos um pouco sobre o aborto espontâneo, agradeci muito a presença dele naquele dia, ele mencionou que a natureza sabe das coisas, algo assim, pegou as minhas mãos e beijou as palmas, um gesto que nunca mais esqueci. E ainda tinha a conta do hospital, que ele havia pagado, nunca me disse quanto, nem me cobrou.

Achei tudo meio mágico. Ele parecia um enviado do Nando, do papai e da vovó Teresa pra cuidar de mim naquele dia, pra me levar ao hospital e ainda por cima assumir uma conta que eu jamais conseguiria pagar.

Pra retribuir tantos favores, comprei dois ingressos pra irmos ver o show de Stevie Wonder numa noite. Ele e eu adorávamos. Também arranjei um skank com uma amiga da Dolly pra gente fumar. O show foi lindo, nós dançamos, cantamos "Isn't she lovely", fumamos e nos despedimos com um abraço demorado e um beijo também demorado, combinando de nos encontrarmos pra um almoço no dia seguinte.

Fiquei esperando por mais de uma hora. Klaus não apareceu.

Depois de uns dias sem notícias dele, eu oscilava entre raiva, preocupação e descrença. Achei que ele pudesse ter dado um perdido em todo mundo e voltado pra Alemanha, ou que tivesse sofrido uma overdose, eu sabia que na Alemanha ele tinha tido contato íntimo com a heroína e que ali em Nova York a droga podia ser encontrada em cada esquina — lembrei do Narquinho, o filho da dona Adélia, e de como ele destruiu a sala da casa deles durante uma crise de abstinência violenta. Pensei que talvez o Klaus pudesse ter sido morto num assalto ou encontrado um amor repentino e irresistível — mais irresistível do que o nosso — e ter se escondido com ela em alguma fazenda do Meio-Oeste, ele de cowboy, ela uma loira peituda… Enfim, tudo podia ter acontecido.

O sumiço do alemão abriu outro buraco em mim. A Marina tentou aliviar a minha dor. Ela me chamava direto pra sair, não me deixava ficar sozinha à noite e, quando eu mencionei que o Júnior do 10 tinha ligado e perguntado se poderia vir passar uns dias com a gente, ela achou ótima ideia.

Ver o Júnior do 10 me fez bem, ele era como um irmão pra mim. Passamos a primeira noite acordados, eu contei tudo que tinha acontecido. Falei da minha filha, da perda dela, da Dolly, do Dakota, do André, da rejeição dele, do Klaus, da paixão platônica pelo Klaus, do beijo, do sumiço dele, do *Number 31* do Pollock, de toda aquela loucura. Ele contou da sua vida pós--Morgana, dos seus estudos astrológicos, do consultório — ele estava fazendo mapas astrais e indo bem —, das clientes que viraram namoradas. Júnior do 10 fazia sucesso com as mulheres. E assim passamos quase todas as noites conversando, bebendo e cozinhando juntos.

A gente falou muito sobre o Nando e a aids, doença que nos assustava. Eu ainda não tinha feito o teste, morria de medo de fazer. As pessoas com HIV desapareciam pro mundo; era dar positivo e elas assumirem a doença, e pronto: não faziam mais sexo e perdiam os amigos, como o Nando me perdeu, e talvez eu nunca me perdoasse por isso. A covardia é mesmo uma cicatriz. Ela não sai de nós. A gente nunca se esquece dos momentos covardes da nossa biografia.

SEMANA 11

Voaram os dias, o Júnior do 10 iria embora em duas noites. Mas antes ele quis ir ao zoológico e, numa sexta-feira, fomos ao Bronx. Chegamos a um lugar lindo, enorme, parecia uma savana. Vimos bichos que eu não lembrava de ter visto no zoológico de São Paulo. Girafas altas como arranha-céus, uma pantera--negra de olhos verdes estroboscópicos, o leão com toda a realeza de um leão bem alimentado, ursos num país que tem urso. Os espaços construídos pros bichos eram enormes, os animais não pareciam confinados, ainda que estivessem, era um confinamento espaçoso e bonito, que fingia liberdade.

    Júnior do 10 e eu andamos por lá o dia todo, tiramos fotos, almoçamos hambúrguer e coca-cola, falamos de astrologia, e quando a gente pensou em ir embora aconteceu uma coisa que me desconcertou.

    Antes de sair, fui ao banheiro fazer xixi e lá dentro vi uma moça linda, negra, grávida, o cabelo cheio de trancinhas preso num coque alto. Ela parecia radiante. Eu sorri pra ela, ela sorriu pra mim. Uma mulher deslumbrante, uma deusa, uma maga.

    Entrei na cabininha e, quando saí, ela não estava mais. Deixei o banheiro, o Júnior do 10 me esperava lá fora, fomos em direção à saída. Quando estávamos quase atravessando o portão do zoológico, eu vi a moça negra de longe, abraçada a um cara branco e alto. Alguma coisa no homem me chamou a atenção, e quando ele se virou pra trás, como se estivesse atraído pelo meu olhar, eu vi seu rosto.

    Era o Klaus.

Nos casamos numa terça-feira num cartório de Pinheiros. Júnior do 10 e o editor do Antônio serviram de testemunhas. Depois fomos os quatro comer num japonês na Liberdade.

Antônio e eu decidimos não ir pra um hotel. Voltamos pra casa e abrimos um espumante espanhol. A nossa lua-de-mel foi na cama que a gente já dividia fazia três anos. O sexo não foi dos mais marcantes. No dia seguinte acordamos, Antônio foi escrever e eu fui pra feira. Vida normal. Nosso casamento já nascia na rotina. A única novidade foi que no domingo fizemos um almoço em casa pra minha família.

Minha mãe, Falcon, Sérgio e Bia.

Da família do Antônio não veio ninguém. Eu falei com os pais dele por telefone, foi assim que conheci meus sogros, por voz. Falei também com a Gisele, a irmã preferida, que lamentou não poder vir, prometendo que, assim que desse, viria passar um fim de semana com a gente.

Se eu fiquei com a pulga atrás da orelha com essa história,

minha mãe era um circo de pulgas inteiro. Ela não cansava de me perguntar:

Mas ele tem ou não tem família?

Tem, mas eles moram longe.

Acho isso muito estranho.

[E eu, mamãe? Imagina como me sinto, pensei, mas não falei.]

Pra comemorar meu novo estado civil, fiz moqueca de peixe e musse de maracujá. Antes da sobremesa, quando abrimos o terceiro ou quarto espumante, minha mãe ainda deu uma última cutucada em seu novo genro:

E seus pais, Antônio?

Não puderam vir, dona Odila. É difícil pra eles saírem do sítio.

Minha mãe ficou olhando um bom tempo pra ele, com ar de quem duvidava daquelas palavras, e aí a conversa desviou.

17. O duplo ambulante

Klaus!, eu chamei.
Ele olhou pra mim, eu fui até eles.
Oi, Klaus, nossa! Quanto tempo!
Klaus me olhava como se não me conhecesse.
Sou eu, a Alice.
Ele continuou impassível, seu olhar uma folha em branco.
Te procurei tanto, por todo lugar. Fiquei preocupada, eu disse, e sorri pra mulher linda ao lado dele, pra deixar claro que não era uma cantada.
Ele respondeu com sua voz de trovão. *Sorry, you mistook me for someone else.* E virou as costas, puxando a companheira pela mão.
Ela hesitou por um momento, me olhou com ar de dúvida, depois seguiu com ele, ainda olhando pra mim.
Desculpe, foi engano meu, eu disse, andando um pouco atrás deles. Confundi você com um amigo. Eu me sentia derrotada e triste. Você não tem um irmão gêmeo?, arrisquei.
Klaus continuou andando e não respondeu.

A moça ainda olhava pra trás. Então parei, virei um poste. Não conseguia me mexer. Júnior do 10 ao meu lado, mudo. Peguei minha câmera fotográfica na bolsa, estendi pro meu amigo e pedi: Vai lá, corre, segue os dois, se esconde e tira uma foto dele. Ele foi, eu fiquei ali parada, pensando no filminho da nossa história. Nas semanas que passamos juntos.

Como fui me enganar mais uma vez! Que dedo podre pra escolher paixão. Era o Klaus, certeza absoluta, até a blusa que ele estava usando eu conhecia. Era o Klaus! De duas, uma: ou eu vivi num universo paralelo aquele tempo todo, ou ele era um tremendo canalha. Júnior do 10 voltou, contando que tinha acabado com o filme de tanto tirar fotos dele. E me disse:

Pode ser um *doppelgänger*, Alice. Um duplo, o lado oculto de nós mesmos. Todo mundo tem um. Ele pode ser o fantasma do Klaus, argumentou Júnior do 10. Achei uma loucura esse papo de duplo. Por outro lado, isso explicava muita coisa.

Quero uma *doppelgänger* pra mim também pra fazer um monte de coisas que nunca tive coragem. Uma *doppelgänger* punk, com sangue nos olhos e sorte no amor.

Quando chegamos em casa, guardei o filme da câmera numa das gavetas da cômoda do quarto, perto das calcinhas, uma escolha bem íntima, pensei na hora, afinal Klaus e eu tínhamos sido íntimos de certa forma. Fui tomar banho.

O que aconteceu dali em diante foi como um filme de suspense em que a protagonista se enreda numa espiral de mentiras. Na segunda-feira, depois que o Júnior do 10 foi pro aeroporto embarcar de volta pro Brasil, abri a gaveta pra pegar o filme e revelar. O rolo não estava lá. Revirei tudo, tirei calcinha por calcinha, sutiãs, desencaixei a gaveta, sacudi, e nada. O filme tinha desaparecido e junto a prova do *doppelgänger*.

Perguntei pra Marina: Você viu um rolo de filme?

Não, ela respondeu, e me olhou com uma cara entre o tédio e não-me-enche-o-saco.

Que estranho! Passei o dia meio zonza, com a sensação de estar sendo vigiada. Só consegui relaxar quando tranquei o apartamento e pus a trava na porta da frente. Marina já dormia quando fui fazer um chá e fiquei na sala contemplando a porta do quintal. O *doppelgänger* poderia entrar pelos fundos, ele talvez soubesse que havia uma brecha na rua de trás. Fiquei com isso na cabeça e empurrei o sofá contra a porta dos fundos.

Eu estava doida. Era tudo uma grande piração da minha cabeça, influenciada pelo Júnior do 10. Não tinha nada a ver essa história de *doppelgänger*, mas quem era o Klaus, afinal? O cara que tinha salvado a minha vida e depois não me reconheceu? Que história mais tosca. Fantástica e tosca.

Eu precisava ver as fotos pra saber se era ele mesmo ou um cara muito parecido, com outro temperamento, outro coração batendo no peito, mas com uma blusa igualzinha à dele. Tudo muito impressionante, até a voz do sujeito que disse não ser o Klaus era do Klaus. Difícil de acreditar. Mais fácil aceitar que ele era apenas um idiota.

Saiu pra comprar cigarro e nunca mais voltou. Papai usava essa expressão pra se referir ao homem que se cansa de tudo, de sua vida, de sua família, e um belo dia abre a porta de casa e tchau. Vendo a história sob essa perspectiva, até cheguei a admirar o Klaus. A coragem dele de vestir outra identidade. Quem não quer ser outra pessoa em algum momento da vida? Eu já tinha pensado em me tornar a Suzana, por exemplo. Uma mulher de outra origem em busca de outro destino, alguém que fazia boas escolhas e tinha encontrado o amor e sido encontrada por ele — bem diferente deste poço de ilusões e fantasias que eu me tornei. Não quero mais viver esperando um amor inventado por mim e vivido só por mim. Chega, pensei.

Uma decisão interna movimentou minhas membranas de carbono e me tornei a original de mim mesma. No dia seguinte, avisei a Dolly que eu estava indo embora. Ela me abraçou com seus braços duros e afetuosos e me presenteou com uma echarpe azul linda que tinha sido da velhinha da rua 71. Saí de lá com lágrimas nos olhos, agradecendo muito a oportunidade de ter trabalhado com ela, de termos dividido tantos bons momentos. Disse a ela que as roupas que eu tinha deixado em consignação podiam ficar na loja: se ela vendesse, ótimo; se não, que doasse pra quem ela achasse que poderia gostar. Eu provavelmente nunca mais veria a Dolly.

Minha relação com a Marina estava melhor, depois da morte da minha filha ela se aproximou mais de mim, mas acho que no fundo nunca perdoou minha história com o Klaus, pois desde então se estabeleceu uma certa cerimônia entre nós, um certo mal-estar que impediu uma amizade mais sólida. De qualquer forma, no dia a dia a gente se dava bem. Todas as noites, quando eu voltava das minhas peregrinações pela cidade e descrevia minhas descobertas, ela ouvia atentamente, depois me contava do curso de estilismo que estava fazendo. Foi nessa escola, aliás, que ela conheceu o Heitor, um cara de Belo Horizonte. Os dois se apaixonaram e ele começou a frequentar nossa casa. Numa noite, eu estava preparando algo pra comer quando os dois chegaram com uma carta pra mim. Estava na caixa de correios, Marina falou, me estendendo o envelope. Abaixei o fogo, limpei as mãos no avental e abri o envelope. Eu já sabia de quem era. Reconheci a letra e o selo.

Alice,

    Ensaiei muito para escrever essa carta, acho que essa é a décima folha de papel depois das nove tentativas anteriores que foram para o lixo. Sempre penso em você e nos dias que passamos juntos, duraram para sempre em mim, sinto a música dos nossos encontros, pode parecer cafona dizer isso e acho que é, mas é a pura verdade. Não sei dizer de outra forma, nós nos encaixamos de um jeito bonito, mas a vida sempre traz tantas mudanças de rota.

    Eu me separei da Dalva, saí do nosso apê, mudei para um quarto e queria te chamar para vir para cá, te mostrar Boston, mas a vida deu uma grande volta e a Dalva engravidou, mais um filho, e decidimos voltar e ter esse menino juntos, somos uma família crescente.

    Fiquei muito confuso, aconteceu tudo muito ao mesmo tempo. Um casamento no fim + um amor em outra cidade + um filho a caminho + um casamento que recomeça.

    Não sei mais o que te dizer, apenas que penso em você todos os dias, entre um intervalo musical e outro, e todas as noites.

    Queria que você soubesse por mim.

    Fiz uma música para você, se chama "Dakota Blues". Vou te mandar a fita assim que eu terminar de mixar.

    André.

Ah! Vá pra puta que te pariu, André! Você, sua mulher, seus filhos, sua música.

O terceiro livro do Antônio ganhou o nome de *O duplo ambulante*. Ele se inspirou na história do Klaus que contei a ele e criou uma trama muito boa, com um assassino alemão que tinha um irmão gêmeo bonzinho. Um bom, outro mau. O nome do assassino?

Klaus.

Outra vez Antônio não me mostrou os originais, só li o livro quando já estava impresso: fiquei furiosa. Achei que ele poderia ao menos ter mudado o nome do personagem. É muita apropriação da minha história, Antônio.

Ah! Alice, história pessoal não é posse, o que você me conta deixa de pertencer exclusivamente a você. Só os segredos são pessoais. Além do quê, tudo que você me conta me inspira. Você deveria se sentir honrada. Falou isso e veio me dar um beijo na testa. Desviei dele.

Toda vez que a gente tinha uma discussão, Antônio esvaziava o assunto me fazendo um agrado. Ele sempre saía de qualquer embate com um gesto de carinho, o que pasteurizava as nossas *conversas mais sérias. Ele banalizava tudo e talvez fosse este o segredo do seu sucesso nas relações: a capacidade de não se aprofundar nas questões do outro e de, mesmo assim, permanecer presente de uma forma doce e suave.*

O duplo ambulante *era muito bem escrito. Antônio cresceu como escritor e ganhou também o reconhecimento da crítica.*

18. Volta pra casa

Dobrei a carta e coloquei de novo no envelope sem nenhuma ruga, pra toda vez que eu caísse na tentação de lembrar do André eu abrisse o envelope e me deparasse novamente, e novamente, e novamente com aquelas palavras ridículas. E mal escritas.

Ou ele é sádico, ou é estúpido, ou é um pouco de cada. Por que me contar o trajeto da sua quase separação? Por que me dizer: Olha, quase que eu te escolhi, mas no final meu casamento com a Dalva falou mais alto e uni-duni-tê a escolhida não foi você? O nosso amor a gente inventa, cantou Cazuza. No meu caso, eu inventei um amor sozinha. Inventei uma história maior do que ela era na verdade. O primeiro amor, sempre recíproco, que baboseira. Guardei a carta na gaveta da cômoda. Depois lembrei que ali havia um buraco negro que tinha feito desaparecer o rolo de filme com a foto do Klaus; peguei a carta e coloquei na minha mala. Fui tomar banho e chorei o banho inteiro, me enxuguei e chorei enquanto me enxugava, me troquei e chorei pondo o pijama, me deitei na cama e me acabei de tanto chorar, molhando o lençol que eu tinha acabado de trocar. Depois de dois dias e duas noites chorando, acabou. Acabou o André dentro de mim. Matei o último átomo que mantinha viva minha ligação com ele.

Lembrei do Nando dizendo: Baby, você se comporta como viúva de marido vivo. Até morto o Nando tem razão.

Depois do fim de tudo, numa quarta-feira de março, me levantei, pus minha roupa mais bonita, o casaco lindo que eu tinha comprado na Dolly, a echarpe que ela me deu, e fui pra rua debaixo do frio. Andei da 83 até o Dakota. Atravessei o parque, prestando atenção em cada folha, em cada resto do inverno que começava a ir embora. Olhei pra cidade, pras janelas da cidade e pensei que o grande eco de almas e egos que vivia ali poderia me inspirar a parar de morrer. Já que desde a Paulistinha, a fox, até hoje, vivo essa longa fileira de mortes morridas e mortes vivas-da-silva. Todas me assombrando feito fantasma de filme que dá medo.

Cheguei ao Dakota. Toda vez que me sentia perdida ou com saudades do Brasil, na fossa, eu ia até lá. Quando fui quase mãe, quando quis procurar o Klaus, qualquer motivo era motivo pra eu ir pra frente do Dakota, e ficava olhando o movimento do prédio. Imaginando John Lennon e Yoko chegando de braços dados, Polanski e Mia Farrow filmando *O bebê de Rosemary*, Aleister Crowley desfilando com seu manto cor-de-maravilha. O Dakota ao mesmo tempo me distraía de mim e me levava pra dentro de mim. Abri meu caderno e fiquei desenhando a fachada. Eu já tinha feito isso outras vezes — me postar na frente do prédio com um caderno aberto —, os seguranças até já me conheciam. Naquele dia um deles veio até mim, olhou meu caderno, meus desenhos do Dakota, e me perguntou se eu queria conhecer o hall interno.

Eu respondi depressa, mal acreditando na proposta: *"Yes, please!"*.

E então, no dia em que resolvi sobreviver ao André, conheci parte do Dakota por dentro. Era como se eu estivesse indo ver a rainha da Inglaterra. Meu amigo segurança ficou ao meu lado, rígido, e me mandou ser rápida. Era olhar e sair. Olhei e senti toda a imensa atmosfera da história enraizada ali. As paredes sabiam de muita coisa.

O chão.
As grades.
O portão.

Quem entrava. Quem saía. Uma história gigantesca. Quem sou eu? Eu sou ínfima, minúscula. O Dakota é o Golias. Saí de lá feliz e, quando cruzei o umbral que me dava direito à rua, olhei dos dois lados e senti o fim.

Estava pronta pra voltar ao Brasil.

SEMANA 12

Nos meus últimos dias de Nova York, quando comecei a arrumar as malas, abri a gaveta e lá estava: o filme! Em cima das minhas calcinhas. Bem na minha cara. Era abrir a gaveta e ver o rolo. Fiquei em estado de choque e quase com medo daqueles negativos, parecia bruxaria.

Quantas vezes eu tinha revirado aquela cômoda inteira atrás da prova de que o Klaus era o Klaus? Mas agora que o filme estava nas minhas mãos, segurei o rolo bem apertado e decidi revelá-lo só em São Paulo. Lá, no meu território, o *doppelgänger* poderia mostrar sua cara, pois eu estaria mais forte pra lidar com ele.

Eu me despedia com pena do meu apartamento, sentiria saudades. Ia sentir falta da Marina e da energia barulhenta que escapava dela.

Na noite anterior à minha partida, nós duas enchemos a cara. Comprei umas garrafas de um vinho que o cara da loja recomendou, queijos, velas, preparei a sala como se fôssemos dar uma festa. Coloquei uma playlist de música black americana pra tocar e ficamos bebendo e dançando e lembrando das muitas aventuras que tínhamos vivido naqueles três meses que pareciam três vidas inteiras. Morremos de rir e, em certo momento, me aproximei dela, coloquei os braços ao redor do seu pescoço, olhei bem nos olhos da Marina e falei:

Desculpa pelo Klaus.

Ela me abraçou e ficamos assim a centímetros de distância uma da outra. Ela sussurrou no meu ouvido:

Não tem importância, nem lembro mais dele.

Começamos a dançar uma música lenta, acho que era uma do Stevie Wonder, e no meio da música nos beijamos. Ela tinha uma língua atrevida e macia que me envolveu, até que uma hora ela parou, me olhou e se afastou. Foi pegar sua bolsa e disse:

Boa viagem, Alice. Vou sentir muito a sua falta. Agora vou me encontrar com o Heitor. Dê notícias quando chegar.

Marina se aproximou de mim, passou os dedos pelo meu braço, me deu um selinho e saiu. Fiquei parada no meio da sala sem saber o que pensar. Dancei mais umas músicas sozinha, abraçada em mim mesma.

Desci no aeroporto de Guarulhos numa manhã poluída de sábado. Da janela do avião vi a fumaça cravada no céu: minha cidade. O que me esperava? Eu precisava arranjar um emprego. Lembrei do Marcelo me dizendo que jornalismo era faculdade pra quem não sabia o que queria da vida. Eu podia trabalhar como redatora, repórter e até diagramadora. Gostava de desenhar, também gostava de ler e de escrever diário. Deveria ser uma profissão: O que você faz? Escrevo diários. Nessa linha, eu poderia escrever livros sob encomenda financiados por instituições culturais, como acontece nos Estados Unidos, e passaria os dias em frente a lugares como o Dakota só observando, desenhando, pesquisando e escrevendo.

Quando saí da alfândega e cheguei ao desembarque, estavam as duas me esperando: minha mãe e minha irmã.

Mamãe me abraçou, reservada e trêmula, e quando me segurou com uma pressão desmedida na ponta dos dedos, seu abraço me machucou tanto que logo me desvencilhei.

A Bia estava bonita, com ar de feliz, só de olhar deu pra ver. Irmã a gente sabe na hora. É assim também com os grandes amigos. Não precisa nem de um segundo, basta pôr os olhos.

Você está diferente, Alice!, ela disse. Virou um mulherão, hein!

Saímos do aeroporto no fusquinha da mamãe, o mesmo de tantas viagens na minha memória. Sentei na frente e no trajeto as duas falavam ao mesmo tempo, querendo contar todas as novidades. Enquanto eu ouvia, ia olhando a minha São Paulo pela janela. A mesma velha Marginal, o mesmo rio Pinheiros morto e fedido, as mesmas casas improvisadas de papelão, ar poluído... mas a luz era tão bonita! A luz tropical muda tudo e dá uma alegria especial às coisas. E o calor, ah! o calor, até que enfim um bafo aquecia minha pele.

Senti uma pontada na cabeça, estava cansada, não tinha dormido nada, e ainda de ressaca por causa dos vinhos da noite anterior, que não eram lá tão bons. Lembrei da Marina e do nosso beijo e me deu uma vontade louca de inclinar o banco do Fusca pra trás e dormir.

Me olhei no espelho do meu quarto. É diferente se olhar no espelho no qual você deixou de se olhar por tantas manhãs e noites. Parecia um reflexo diferente, uma outra Alice.

A minha dupla. Minha *doppelgänger*.

Eu estava mais magra, mais ossuda e com o rosto menos bochechudo. Deixei as malas no chão e entrei no banho. Estranhei a água, o chuveiro, o piso, estranhei o boxe, o vapor que tomou conta, estranhei o cheiro do sabonete, mas fui deixando a água me trazer de volta aos poucos.

Ouvi a voz da Bia: Desce, tá na mesa!

Saí do banho, me enxuguei, abri o armário e escolhi um vestido do qual estava com saudade, azul, da cor dos meus olhos. Coloquei e desci alegre e fresca pelos degraus.

Tia Otília estava alterada, a voz estridente demais e com muito menos cabelo. O que diabos tinha acontecido com o cabelo da tia Otília? E seus olhos verdes, por que estavam embaçados? Ela me abraçou, senti cheiro de patchouli, de medo e de cigarro.

Tia Clotilde, alerta e trêmula, me deu um beijo mole na bochecha, ela também cheirava a cigarro. Sua voz rouca me disse:

Que saudades da minha menina que não é mais menina, virou uma linda mulher. Veja só!, e me olhava com olhos de vovó Teresa.

Sérgio estava bonitão, mais encorpado talvez. O casamento e seus quilos a mais.

Falcon foi simpático. Como vai, Alice? Que bom que você voltou. Sua mãe está muito feliz.

Acho engraçado quem fala pelo outro.

A Brigitte tinha morrido quando eu estava fora. Minha mãe acordou um dia e encontrou a gatinha desfalecida. Ela chamou a veterinária que não pôde fazer nada e levou embora seu corpinho. Fiquei triste com a notícia. Agora a nossa casa era uma casa sem nenhum bicho.

Tocou a campainha, era o Júnior do 10, nos abraçamos com alegria.

Mamãe tinha feito feijoada, que ela fazia como ninguém, comi dois pratos e depois me deu sono, mas, antes de eu ir dormir, quis dar um pulo na praça com o Júnior do 10 pra fumar um e falar a sós com ele. Nos sentamos no banco ao lado da árvore onde eu havia enterrado o mico, a Paulistinha e a gata Catarina.

Lembrei deles, do Narquinho indo embora numa camisa de força, da mãe do Narquinho berrando, da sala deles destruída, lembrei da Maria Fernanda, dos pais dela, dos jogos de carta e do sol do Guarujá, lembrei do papai chegando em casa com o carro novo que ele tinha comprado, um TL cor de ferrugem, do Marcelo me contando que era comunista e o que isso significava. Parecia que, de repente, todas as lembranças se juntaram, como se eu fosse uma fusão de todos os tempos da minha vida. Depois de dar um pega, segurar a fumaça e tossir, virei pro Júnior do 10 e disse:

Achei o filme com as fotos do Klaus. Misteriosamente estava na gaveta o tempo todo. Ou assim pareceu. Uma coisa muito estranha.

Me dá que eu revelo, ele falou.

Entramos, peguei o filme, entreguei pra ele, e o Júnior do 10 foi embora. Dei um tchau geral, ganhei uma fileira de beijos, subi e despenquei no solo familiar e estranho da minha cama.

O duplo ambulante *vendeu muito: mais de dez mil exemplares nos primeiros meses após o lançamento. Um fenômeno de vendas, especialmente pra um jovem escritor.* Todo mundo se encantou com a história do assassino doppelgänger e Antônio ganhou ainda mais fama. Foi um desses raros milagres que unem qualidade literária com sucesso comercial.

Ele começou a dar entrevistas pra vários jornais, tevês, assinou contrato com uma grande editora, recebeu adiantamento e, pela primeira vez, nossa vida a dois ficou folgada de grana. Ele se sentia confortável no papel de ídolo. Fotografava bem, falava bem, sabia fazer pausas dramáticas.

Acho que ele era uma mistura de Agatha Christie com Walter Fox, o qual, aliás, ele conheceu num evento literário. Os dois se deram muito bem.

Sempre que vinha a São Paulo, o escritor carioca convidava o Antônio pra jantar. Além do Fox, meu marido angariou uma legião de fãs, a maioria mulheres. Eu não tinha ciúmes. Mas tinha inveja. Eu queria ter essa mesma capacidade de ir em frente, inde-

pendentemente dos outros. Sempre tive medo de parecer inadequada ou cafona, como se eu desse mais importância à opinião dos outros do que à minha. Ou porque eu achava que tinha uma imagem a zelar, o que indica uma certa arrogância.

É difícil a gente saber os motivos reais da nossa inibição. Antônio estava pouco se lixando pra isso. Boa parte da razão do seu sucesso estava aí: ele não se importava com ninguém.

19. Verdade cowboy

Tia Otília só bebia vodca porque vodca não deixa cheiro na boca e engana visualmente, as pessoas acham que é água. Ela enchia uma garrafinha de água com vodca, colocava na bolsa e ia bebendo de golinho em golinho até acabar; depois enchia de novo. E assim ela passava seus dias e noites, com suas garrafinhas de vodca barata. As mais baratas do mercado, pois ela comprava no atacado. E foi ao lado delas que tia Otília foi encontrada numa sexta-feira à noite pela Jussara, uma amiga dela taróloga que, ao chegar na casa da minha tia, viu a porta aberta — acho que foi seu último ato de consciência: deixar a porta aberta pra facilitar. Quando Jussara entrou, viu a cena: tia Otília deitada sem vida no sofá.

No seu colo, vodca. Do seu lado, vodca. Aos seus pés, vodca.

Um corpo inerte em meio a garrafas de vodca, foi assim que acabou a história aventureira e falsamente feliz da Titília.

Ninguém sabia que tia Otília era alcoólatra. Sun tentou avisar minha mãe, mas, segundo ele, minha mãe se recusou a ouvir. Compreensível, afinal quem consegue aceitar uma informação dessa sobre sua irmã caçula? A irmãzinha que brincou ao seu lado de boneca e pega-pega, que tocava piano com você a quatro mãos, com quem você conversou sobre como os bebês nascem, que dividiu as impressões do primeiro beijo e da noite em que perdeu a virgindade, com quem você tomava banho, essa coisa tão íntima. Alguns dizem que existe certo charme em beber ou consumir cocaína, heroína, ácido, metanfetamina, bolinhas, balinhas... *Beep and I'll meet*, anunciava o cartão do traficante de Downtown que atendia ao chamado de seus clientes em sua limusine preta. Drogar-se é coisa de artistas talentosos, de mentes perturbadas e sensíveis que não dão conta de viver neste mundo sem deus. Músicos, poetas, escritores, todos originais até na hora de morrer, engasgados no próprio vômito.

Não é fácil encontrar o diagnóstico final. Por que uma pessoa se droga?

Tia Otília partiu aos quarenta e seis anos, muito inchada. Olhei seu corpo antes de entrar no caixão, o cabelo ralo, bolsas sob os olhos, a pele fina e esticada e, nas orelhas, os brinquinhos de coração de brilhantes, presente da vovó Teresa. Pensei duas vezes se tirava os brincos dela.

Tiro, não tiro. Tiro, não tiro. Tirei. Quando ninguém estava olhando. Guardei no bolso. Não haveria glamour na morte da tia Otília. Seu último brilho eu extraí da sua orelha. Na mesma hora me arrependi, mas não dava mais pra devolver.

A cerimônia foi às onze da manhã, ao som de Enya. Além da minha família, devastada — minha mãe estava especialmente desconsolada —, havia muitos representantes da *new age*, de mãos dadas em volta do caixão. A Jussara com os olhos vermelhos de tanto chorar. O Sun, abatidíssimo, sozinho num canto, segurando um colar de madeira como se fosse um terço. Umas mulheres de cabelo tingido em tons de rosa, cobre, laranja e vermelho, com longas saias floridas, entoando mantras. Senti uma puta raiva da tia Otília. Depois muita pena. E então culpa, por ter sentido raiva. Por fim, veio uma tristeza profunda. Um vazio que ninguém no mundo vai poder preencher, minha Titília... O Júnior do 10 apareceu no crematório de última hora, vestindo uma longa túnica branca de algodão. Se aproximou de mim, pôs um braço pesado em volta do meu ombro e chorou com força. Eles eram muito amigos.

Dias depois do velório, Bia, Sérgio, Júnior do 10 e eu fomos pra casa da tia Otília. Abrimos a porta com a chave que a Jussara tinha nos dado. A casa era um pequeno sobrado na Vila Romana, escuro e com cheiro de mofo, que a tia Otília ganhou de herança do vovô Luiz. Raramente ela nos convidava pra ir lá, acho que fui umas cinco vezes no máximo. Nessa despedida, munidos de caixas de papelão e sacos de lixo, cada um de nós ficou responsável por um cômodo. A mim coube o quarto.

É um planeta estranho o quarto de uma pessoa morta. O quarto de uma tia morta de quem você foi íntima enquanto havia vida. Agora, na morte, a intimidade foi pro espaço sideral. Talvez no além-mundo eu ainda fosse ligada à minha tia, mas ali não; aquele era o território de uma estranha.

Eu não me sentia no direito de estar ali xeretando. Mas estava. Abri o armário, começaria pelas roupas. Todas iriam pra caixa. Eu nem olhava direito. Depois minha mãe diria o que gostaria de fazer com elas, pra quem doar. Enquanto manuseava as saias hippies, os ponchos, me lembrei dos tantos momentos que vivemos juntas, da Fazenda Salamandras, do Ed, o astrólogo que ela conheceu lá e que namorou por um tempo, do Rio, dela com o primo do Sun, qual era o nome dele mesmo? Minha tia era totalmente refém do seu prazer, como uma adolescente. Nunca amadureceu.

Fiquei nessa tarefa por uma hora mais ou menos, e então acabaram as roupas. Vasculhei o fundo do armário pra ver se encontrava mais alguma coisa e toquei num saco plástico meio escondido num vão atrás de uma gaveta. Puxei pra ver o que era e, quando abri, não acreditei no que vi: um, dois, três, quatro, cinco, oito pintos de todos os tamanhos e cores. Oito no total. Caí na gargalhada.

Chamei a Bia e mostrei os pintos de silicone, e ela mal acreditava no que via. Caiu na gargalhada também.

Olhamos pras coisas da tia Otília, agrupadas em caixas no chão, era o retrato do fim de uma vida que tinha tudo pra ter sido maior do que foi. Como muitas vidas. Minha irmã e eu nos abraçamos, choramos, depois olhamos pros pintos enfileirados em cima de uma caixa e demos uma risada triste. Uma risada sem esperança.

Era fim de tarde quando saímos, acabados, mas com tudo embalado. Separei uns lenços e um casaco de couro verde pra mim. Júnior do 10 ficou com os livros de tarô e astrologia. Bia pegou a louça e Sérgio, os CDs *new age*. As fotos levamos pra mamãe. Os móveis iriam no dia seguinte pra um guarda-móveis, mamãe queria mantê-los pra quem sabe um dia... O resto doamos pra Associação dos Tarólogos. Ah!, os brinquinhos de brilhantes de coração ficaram comigo, guardei numa caixinha no fundo do meu armário.

Era o fim.

Eu estava em casa numa tarde de chuva, quando o Júnior do 10 apareceu com as fotos reveladas do *doppelgänger* e uma cara de espanto.

Alice, você não vai acreditar.

Ele estava branco, mais branco do que era. Com suas mãos longas e finas de pianista, espalhou as fotos na mesa.

Olha só, as fotos só mostram a moça grávida. O que era pra ser o Klaus aparece como uma imagem borrada, bem no lugar onde ele estava houve uma superexposição, como se ele fosse um fantasma. Isso em todas as fotos!

Não é possível, parece magia, comentei, espantada.

Peguei as fotos que preservavam certa nitidez e notei a camisa que eu tinha reconhecido naquele dia, e agora também identificava o sapato, era um de couro caramelo com cadarço multicor, exatamente igual a um que vi o Klaus usar. Me senti uma trouxa. O cara teria fingido que não me conhecia porque aquela moça grávida era a alemã com quem ele já tinha uma filha? Será que era sobre ela que ele quis me contar no dia em que perdi minha filha?

Porém o mais bizarro era ele borrado nas fotos! Um acontecimento digno do Dakota.

Alguns grupos indígenas não gostam de ser fotografados, pois acreditam que a imagem rouba a alma, disse o Júnior do 10.

Fiquei olhando pra ele, sem saber o que dizer, o que pensar. Pedi o baseado. Acendemos e deixamos o Klaus e sua duplicidade esfumaçarem.

Mamãe queria muito vender a casa, mas não achava comprador. Estávamos sem dinheiro, o Brasil, um caos. Eu precisava urgentemente arranjar um emprego. A Nelcy, uma amiga da Bia, comentou que estavam procurando uma jornalista pra trabalhar no *Diário dos Jardins*, jornal de bairro antigo e bem conhecido. Liguei e marquei uma entrevista. Como eu não tinha nenhuma experiência de trabalho pra mostrar, decidi levar meu caderno de Nova York com os desenhos e textos que eu havia escrito sobre o Dakota. Me arrumei toda, coloquei uma saia preta da Bia, uma camisa branca da mamãe, lavei e sequei o cabelo com secador, pra ficar mais arrumado — agora meu cabelo tinha crescido um pouco, estava diferente do da Rosemary e andava meio rebelde —, me maquiei e fui fazer a entrevista. A redação ficava na avenida Paulista. Assim que entrei, me encaminharam pra Sônia, que depois me levou ao Mário e por fim ao Luiz. Todos gostaram do meu caderno e da minha experiência em Nova York e fui contratada no ato. Começaria a trabalhar na primeira semana de maio, numa área que achei a minha cara.

Eu ia ser repórter da seção de obituário, ajudaria a escrever sobre os mortos, mas, ao contrário da maioria dos jornais, que só escreviam sobre a partida de gente famosa, a ideia do Luiz era que eu pesquisasse também pessoas anônimas que pudessem render boas histórias. Assim foi meu primeiro emprego em jornal: eu seria uma caçadora de mortos.

Num sábado de manhã entrei no quartinho onde o Antônio escrevia, ele havia saído pra fazer não sei o quê. Eu procurava um livro, quando vi piscar no computador dele uma mensagem que me chamou a atenção.

Quero sentir o calor do seu beijo na minha língua, a sua mão na minha pele.

Li de novo.

Quero sentir o calor blá-blá-blá.

Mas o que é isso? Meu coração veio pra boca, rolei o mouse pra cima, buscando mensagens anteriores. O nome dela era Patrícia, e a troca de mensagens era deste naipe, entre a febre sexual e a cafonice explícitas.

E ela não era a única.

Me sentei na cadeira pra investigar a fundo o affair entre Antônio e Patrícia e descobri outras experiências.

Do Antônio com a Clara. Do Antônio com a Let. Do Antônio com a Sandra.

Do Antônio com o César e o Paulo.

Que surpresa é o amor. A nossa música nunca mais tocou. Ah! Cazuza, como você foi profético.

Alice, Baby, como você é tonta, subitamente me veio a voz do Nando.

Depois que li tudo, me levantei e apaguei os rastros da minha presença. Decidi não falar nada pra ele. Meu jeito de pegá-lo seria outro. Caprichei naquele dia. Fiz o almoço, tomei um banho demorado, coloquei um vestido bonito, me maquiei e, quando ele voltou do compromisso, a mesa estava posta com uma cerveja gelada e peixe no forno.

Eu estava tão fresca quanto a baguete que ele trazia nas mãos.

20. Toda morte tem uma história para contar

No meu primeiro dia de trabalho, Luiz sentou comigo e me deu uma aula sobre como escrever obituários. Falou da tradição norte-americana, perguntou se eu tinha lido obituários nos jornais de Nova York, respondi que não e me achei uma palerma, poderia ter me informado melhor.

Mas você vai aprender, ele disse. Tem aqui uma pilha de jornais que eu separei com obituários muito bem escritos e de personagens comuns. Pra escrever um obituário extraordinário, a pessoa que morreu não precisa ter tido uma vida extraordinária. Este é o desafio: transformar a história da pessoa em algo digno de nota. Se vasculharmos bem, todo mundo tem algo interessante que merece ser contado.

Tudo que ele falava eu ouvia com muita atenção. Luiz era um cara de uns cinquenta anos mais ou menos, cabelo comprido, ex-hippie, ex-comunista, que havia trabalhado em todos os grandes jornais da cidade e que, fazia pouco tempo, tinha ido pro *Diário dos Jardins* com carta branca pra fazer o jornalismo que ele sonhava. Ele era fã do jornalismo literário e queria implementar esse gênero no jornal de bairro.

Por que você saiu de um jornal grande e veio pra um jornal pequeno?, ousei perguntar.

Ele me olhou silencioso por uns instantes, depois respondeu:

É preciso ser pequeno pra ser livre. A Sônia vai cuidar de você. Lembre-se, seu trabalho é investigar pessoas que acabaram de morrer aqui no bairro. Não tem erro: é só seguir o roteiro de perguntas aos familiares e amigos sobre a vida da pessoa e nós escrevemos o texto final. Com o tempo você vai passar a escrever também. Aliás, parabéns pelo seu texto sobre o Dakota: muito original um edifício ser tratado como você fez, com uma persona tão forte.

Luiz foi pra sua mesa, a mais espaçosa, na frente de uma estante cheia de livros, jornais e revistas. Fiquei olhando seu jeito de caminhar e achei que era o andar de uma pessoa que não suportava mais o peso de sua tristeza.

Minha chefe direta era a Sônia, uma jornalista faz-tudo de trinta e tantos, casada, mãe de dois filhos, e muito maternal com todo mundo. Tinha voz suave e uma teimosia invejável, ela conseguia tudo o que queria dos outros, só repetindo as coisas sem parar com sua voz baixa e doce. Nenhuma tarefa escapava dela.

Mário cuidava do financeiro e do comercial, era quem pagava os funcionários, além de ser responsável pela venda dos espaços publicitários pros anunciantes da região. Tinha um bigode gigante que fazia curva nas pontas. Parecia um cara dos anos 1950 fincado numa redação dos anos 1990.

Na arte havia o Gustavo, diagramador, e o Valdir, assistente e ilustrador. E a Kátia e o Malheiros. Kátia fazia fotografias lindas de pessoas mortas, ela cobria assassinatos. A primeira vez que vi suas imagens, fiquei encantada. Elas davam dignidade a corpos baleados, sufocados, infartados, aos suicidas.

A Kátia faz arte de presunto, dizia Malheiros, seu parceiro e um repórter que mais parecia um personagem de Nelson Rodrigues.

Fumante de dois maços diários de Hollywood, sua estratégia pra conseguir furos de reportagem era ficar na porta das delegacias acendendo um cigarro no outro. Dessa forma, se tornou conhecido de todos os delegados das zonas oeste e central de São Paulo, e a dupla Kátia-Malheiros chegava antes de todos os outros jornalistas nas cenas dos crimes.

E faltou uma personagem: Maria Pia, quatrocentona falida que tinha herdado o jornal de seu pai. Uma mulher meio chique e não muito inteligente, idade da minha mãe talvez, que vinha na redação umas três vezes por semana pra ver como andavam as coisas e dar sugestões estapafúrdias de pauta, geralmente assuntos ligados à alta sociedade decadente à qual ela pertencia. Ela falava, as pessoas fingiam que prestavam atenção e depois de meia hora, quarenta minutos, ela ia embora com pose de leoa, de rainha da selva dos donos de jornal.

Nesse microplaneta comecei minha carreira de jornalista.

A desordem da tia Otília fazia muita falta, mamãe continuava arrasada com a partida da irmã, eu também. Nossa família ficou menos barulhenta e mais óbvia. Não havia mais a possibilidade de alguém trazer um ator pornô pra jantar ou introduzir a prática de mantras na festa de Natal, nem falar de viagens físicas, espirituais e transcendentais.

Em que fundo do poço tia Otília foi se meter, tão solitária? Por que não continuou no LSD? Seria melhor que toda aquela vodca. Depois de algumas semanas da morte dela liguei pra Jussara, a taróloga.

Podemos marcar um café?, pedi. Gostaria de conversar sobre a minha tia.

Nos encontramos na rua Teodoro Sampaio, onde havia um supermercado grande com uma cafeteria lá dentro. Jussara era uma hippie magra e pálida, e com uma cara triste tão permanente que a tristeza tinha cavado uma ruga-túnel na lateral dos seus olhos. Ela era jovem pra tamanha marca de expressão.

Assim que nossos cafés chegaram, eu perguntei da tia Otília pra ela. Queria saber mais dos últimos tempos da minha tia. Jussara começou a falar como uma palestrante da *new age*, com um tom monótono, substituindo as palavras fortes por outras mais amenas, e sempre justificando essa substituição.

Nada segurava sua tia, nenhum homem, nenhuma paixão, nada. Muitas vezes conversamos sobre a mania dela de beber... Eu prefiro acreditar que a pessoa tem uma mania, não um vício, porque assim é mais fácil de lidar, pelo menos pra mim é mais fácil dizer "mania" do que "vício", porque vício é mais perene do que mania, enfim... Sua tia não controlava mais a vodca, infelizmente ela não bebia mais água, era só vodca, às vezes com limão. Essa mania de vodca com limão... Muitas vezes saiu a carta da Torre pra ela, ao lado dos excessos do Diabo e da melancolia da Lua. Nos últimos tempos a vodca era também seu almoço e seu jantar, o que é uma forma de dizer que a bebida havia tomado conta do seu ser. Eu tentei falar com sua mãe, o Sun também, uma vez cheguei a telefonar, mas sua mãe não me deu ouvidos. Eu sei como deve ser difícil ouvir que sua irmã tem mania de álcool, enfim... fiz o que pude. Ninguém pode salvar alguém com manias tão acentuadas. O Sun testemunhou um dos piores dias, sua tia não conseguia falar, a voz enrolava e no final ela deixou cair uma chaleira de água fervente nos pés. Ele a levou pro hospital, lá ela fez um escândalo, aí deram um apaga-leão nela... Eu imagino o quanto deve estar sendo difícil pra você ouvir tudo isso. Sinto muito.

Não, eu queria mesmo saber, sussurrei.

Quando alguém se decide pelo fim, não há muito o que fazer, Jussara decretou. Sinto muito, Alice. Mas também devo lhe dizer que ela te amava muito, Jussara continuou, monótona. Deixei de prestar atenção ao monólogo da taróloga e me afundei na tristeza e na culpa por não ter notado o alcoolismo da minha tia, depois dei um jeito de apressar o fim desse encontro. Terminei meu café mais rápido, pedi a conta, paguei a minha parte, me levantei, agradeci e voltei andando pra casa. No caminho, mais uma vez o gosto podre do luto.

Minha família era uma ruína.

Collor tinha ganhado as eleições com o apoio total e irrestrito da grande mídia. Tinha vencido o Lula por quatro milhões de votos — uma diferença pequena — e se tornado o primeiro presidente eleito por voto direto depois de vinte e nove anos. Ele se intitulava o Caçador de Marajás, uma campanha que foi quase um ato suicida, já que ele próprio era um marajá. Um caçador de si mesmo. Fiquei muito triste com a vitória desse homem que não parecia nem um pouco confiável. Fui pra Nova York sabendo que na minha volta iria viver o Brasil do Collor. Já no dia seguinte a sua posse, começaram as barbaridades, como o confisco da poupança dos brasileiros. O presidente e sua equipe econômica surrupiaram quase todo o dinheiro que as pessoas levaram uma vida inteira pra juntar. Eu cheguei de viagem com essa notícia-bomba da poupança e com a mamãe de cabelo em pé, pois achava que não conseguiria vender a casa. E de fato não vendeu, mas conseguiu alugar pra uma empresa gringa de pesquisa e, quando dei por mim, eu estava morando sozinha numa pequena casa de vila em Pinheiros. Mamãe me dava uma parte do dinheiro do aluguel da nossa casa pra me ajudar com o meu próprio aluguel, o resto era por minha conta. Ela se mudou pro apartamento acarpetado do Falcon e das gêmeas, num prédio bege com sacadas arredondadas ali na Bela Cintra. E falou com sua voz cada dia mais hesitante:

Venha almoçar aqui em casa sempre que quiser.

Achei estranho minha mãe chamar de casa uma casa que não tinha a menor cara dela. Ela sempre detestou carpete, e agora lá estava ela deitada no berço esplêndido e encardido de um carpete cor de areia. Ela sempre detestou cortinas com babados na parte superior, e agora lá estava ela cercada por cortinas com babados largos e volumosos pendendo de um varão de madeira envernizada.

Eu não reconhecia minha mãe em seu novo trono. Mas ela parecia feliz ao lado de seu rei magro e pálido e cada vez mais sisudo e careca. E sua felicidade ficou completa quando ela descobriu roseiras tão pálidas quanto o Falcon no térreo de seu novo prédio. Em pouco tempo, as roseiras ganharam cor nas mãos da minha mãe.

Enquanto isso, na casa da vila, eu e minha solidão formávamos um casal perfeito. Eu ia de casa pro trabalho, de lá pra casa, tomava banho, comia alguma coisa, lia um pouco, ouvia música e dormia. Nos fins de semana eu ia à feira, adorava comprar os alimentos e cozinhar pra semana toda. Essa rotina me lembrava meus tempos de Nova York e me deu muitas saudades do Dakota. E assim me vi muito parecida com minha mãe: ela se dava bem com a roseira, eu com um prédio de apartamentos de mais de cem anos.

No jornal eu começava a entender meu papel. Nas primeiras semanas estudei os obituaristas norte-americanos, li muito do que eles publicaram e, aos poucos, além dos mortos que chegavam até mim pelo jornal e daqueles sobre os quais eu tinha que pesquisar, fui atrás de possíveis histórias que podiam estar acontecendo em meu entorno. E com isso cheguei ao Ernesto, um cara que ainda não tinha morrido, mas que estava à beira de.

Ernesto tinha tentado se matar sete vezes. Depois de tantos fracassos, terminou deitado numa cama incapaz de se mover, mas conseguia falar e gostava de contar sobre suas tentativas. Tinha orgulho da sua insistência na arte de tentar tirar a própria vida.

Fui fazer uma entrevista com ele e levei o Júnior do 10 comigo, pois ele estava pesquisando o suicídio do ponto de vista astrológico. Ernesto morava num apartamento no bairro da Saúde com sua mãe. Vivia preso a uma cama hospitalar que ficava no centro da sala, num lugar estratégico, de frente pra mesa de refeições e pra tevê. Devia ter uns trinta anos, tinha olhos verdes confusos e cabelo castanho raleado. Quando telefonei pra ele explicando o objetivo da entrevista, ele se mostrou receptivo.

Claro, ele disse, tá aí uma entrevista que eu adoraria ver publicada: a história das minhas mortes fracassadas. E riu.

No apartamento, depois que nos cumprimentamos, a mãe de Ernesto trouxe uma bandeja com café e bolinhos de chuva, nos serviu e saiu da sala. Abri meu caderno com as perguntas que eu havia preparado, mas nem precisei fazê-las, pois Ernesto não precisava de perguntas pra contar sua história, e desandou a falar. Pedi licença e liguei meu gravador.

Ele falou por mais de hora.

Desde os nove anos eu quero morrer. Tudo começou quando um amigo da rua deu uma estilingada num passarinho e o passarinho caiu morto. Aquilo me atingiu profundamente, fiquei olhando pro pássaro e vi quando a alma dele saiu do corpo, e foi como se uma coisa alegre e feliz tivesse se desvencilhado de um peso morto, triste. Eu não sou religioso, acho que a química, a física e a biologia são deuses, mas o que vi ali me deu vontade de passar pela mesma experiência e assim — cof cof cof, ele tossiu —, nos dois anos seguintes, fiquei estudando uma forma de acabar com a minha vida.

Ele continuou a tossir e depois pediu pro Júnior do 10 subir um pouco a cabeceira da cama, pra poder falar melhor. Meu amigo fez isso e Ernesto continuou:

A primeira tentativa foi tomando vários remédios: abri o armarinho do banheiro e peguei todos os comprimidos, fui pra cozinha, engoli tudo com um copo d'água e deitei na cama, esperando meu espírito voar. Só que apaguei e acordei no hospital. Eles tinham feito uma lavagem no meu estômago, e pronto. Passei uns anos difíceis depois disso, porque meus pais me colocaram num psiquiatra. Dali saí direto pra minha segunda tentativa, dessa vez inspirada na Virginia Woolf: coloquei pedras no bolso de um casaco e entrei no mar, em Guarujá, na parte mais perigosa da praia da Enseada, num dia de mar bravo de ressaca. Fui resgatado já quase me afogando por uma dupla de surfistas. Depois de muitas outras sessões de terapia, me encaminhei pra terceira tentativa.

Ernesto descreveu com detalhes todas elas. Quanto mais eu ouvia, mais me distanciava do que ele falava e mais minha atenção se voltava pra seu corpo, seus gestos. Como ele tomava banho? Como fazia suas necessidades? Dependia da mãe pra tudo? E a mãe sempre com um sorriso no rosto. Tive uma antipatia profunda pelo Ernesto. Ele agia como celebridade, exibia como troféu suas tentativas fracassadas de se matar. Acho que uma boa vingança da vida seria ele não morrer tão cedo. E a mãe, como via tudo isso? A inabilidade do filho com a vida, sua falta de talento vital, a paquera constante com a morte. E o azar? Ernesto era um azarado, não era ele quem driblava a morte, como meu pai adorava falar: Fulano dribla a morte. Aqui era o contrário, a morte é que driblava o Ernesto. Voltei a atenção ao seu blá-blá-blá quando ele contava sobre a sexta tentativa, um tiro que errou e passou raspando por sua cabeça. A última foi quando se jogou da janela do apartamento onde estávamos — quarto andar — e se quebrou inteiro. E da cama não saiu mais. Ele terminou esse relato dizendo que ficou conhecido como o Suicida das Sete Mortes.

Agora não consigo mais sozinho. A não ser que alguém me ajude. Se vocês quiserem se aventurar, minhas veias esperam o pico fatal. Quero morrer de overdose de heroína.

E finalizou a entrevista com uma frase do Nelson Rodrigues que anotei como possível título pra um obituário: "Deus prefere os suicidas".

Saímos do apartamento exaustos. O Quase Morto é um Total Vampiro que suga a energia da gente!, eu disse pro Júnior do 10. E decidi que, por vingança, eu não escreveria um obituário sobre ele quando ele morresse. O que eu achava que ia demorar. Ernesto era um puta de um egoísta, isso sim. Júnior do 10 não gostou muito dos meus comentários, disse que eu devia entender a doença das pessoas.

Eu não tenho jeito pra doença, respondi. Meu dom é pra morte.

Apesar da contrariedade que senti com Ernesto, de certa forma fiquei grata a ele, pois me abriu a porta de outros pré-mortos. Ajustei minha antena na direção de pessoas mais velhas que estavam doentes, conversei com algumas. Aprendi muito sobre a morte, estudei o assunto, as diversas formas de morrer e os rituais das diferentes culturas. Achava que quanto mais eu me aproximasse racionalmente da morte, mais me distanciaria emocionalmente dela e não sofreria quando perdesse alguém próximo. Era uma forma de me proteger, de impedir que eu também morresse quando algum amor meu se fosse.

Assim, criei um inventário de personagens à beira da cova que impressionou meus chefes e, conforme eles morriam, eu escrevia seus obituários com as informações que eles haviam me passado. Nada me deixou mais à vontade do que contar a história de quem tinha acabado de partir.

Terminamos de almoçar, Antônio me beijou e a gente foi pro quarto. Ficamos horas namorando, como a gente não fazia havia já muito tempo. Prestei muita atenção no cheiro do Antônio, na beleza do seu corpo, no jeito que ele me olhava e pegava na minha pele, como se quisesse retê-la e ao mesmo tempo deixá-la.

Ele era um homem de pulso firme, mas também suave, quase uma contradição. Tinha um cheiro que às vezes me enjoava, mas não nesse dia. Nesse dia eu estava entregue a ele. Com uma vulnerabilidade profunda e premeditada, que assistia ao espetáculo da beleza real e confortável de duas pessoas que, embora conhecessem seus corpos, suas peles, ainda eram capazes de se surpreender um com o outro, com o caminho a ser percorrido.

Uma pessoa é sempre estranha à outra, por mais intimidade que tenham.

Ter visto a troca de mensagens dele com outra mulher acendeu uma luz de emergência dentro de mim e me reapaixonei pelo Antônio. O fogo reavivou. Eu disputava meu marido com uma estranha que conheci na tela do computador. Na verdade, a disputa era com vários estranhos.

Isso me levou a fazer o almoço que ele gostava e a trepar do jeito que ele gostava e, em algum momento desse reencontro, ele me disse, como se soubesse o que ia pela minha cabeça:

Estou no meio de uma pesquisa pra um livro. Quero te contar, pra você não achar estranho.

Fiz cara de surpresa.

Estou em contato com várias mulheres e alguns homens, numa troca de mensagens apimentadas. Quer ver?

Arregalei os olhos. E entendi que talvez ele soubesse que eu tinha visto o computador dele e estava jogando comigo. Eu jogaria com ele também.

Mensagens apimentadas?, perguntei.

Sim, meu próximo personagem é um tremendo filho da puta. Finge que é uma coisa que não é. É casado com uma mulher bacana, mas trai essa mulher com meninas e meninos que conhece na internet. Eu tenho entrado em alguns desses sites e feito contato com várias pessoas. Você topa entrar comigo? Fingir que sou eu e responder a algumas delas?

Eu não soube o que dizer, e tossi. E depois falei: Topo.

(Será que ele sabia que eu sabia?)

21. Dupla de Morte

Infarto do miocárdio.
AVC.
Pular da janela.
Decorrência de efeitos do HIV.
Tuberculose.
Tiro.
Faca.
Acidente de trânsito.
Queda de avião.
Parada respiratória.
Trombose.
Lúpus.
Overdose.
Depressão.
Causas naturais.
Septicemia.
Câncer.
Veneno.

Alergia.
Indigestão.
Picada de cobra.
Assalto à mão armada.
Amor não correspondido.
Sufocado.
Engasgado.
Mal de Parkinson.
Dívidas.
Problemas congênitos.
Diabetes.
Esteatose hepática.
Esclerose múltipla.
Leucemia.
Edema pulmonar.
Parasita.
Alcoolismo crônico.
Afogado.
Dormindo.
Mal súbito.
Malária.
Doença de Chagas.
Alzheimer.
Demências.
Parto.
Diarreia.
Pneumonia.
Furúnculo.
Gangrena.

A morte é muito criativa.

* * *

Em cinco anos escrevi uns duzentos obituários sobre pessoas de todas as idades, perfis e histórias. Anônimos na grande maioria, mas também celebrei a história de alguns famosos: Ayrton Senna foi minha apoteose. E, assim como a vida de todas as pessoas que ajudei a retratar, meu ciclo no *Diário dos Jardins* chegou ao fim.

Numa sexta-feira de março, pedi demissão pra, na segunda-feira, assumir, às nove em ponto, a minha cadeira na redação do *Correio da Tarde*. A minha nova chefe tinha lido meus obituários, gostado, e me chamou pra fazer o mesmo em seu jornal, que era bem maior, portanto minha grana seria maior. Mas eu teria que atuar também em crimes, porque ela queria bombar a seção policial com historinhas à la rua Cuba, um assassinato ocorrido em 1988, cuja história fez o maior sucesso ao ser publicada em episódios nos maiores jornais da cidade. Eu deveria seguir o exemplo e transformar crimes em folhetins, especialmente crimes de gente rica.

Virei repórter policial e minha companheira de trabalho era a Kátia, a fotógrafa do *Diário dos Jardins*, que saiu de lá junto comigo. O desafio era escrever a história desses crimes numa linguagem elegante, sem ser sensacionalista. E a nossa Dupla de Morte, como éramos apelidadas, deu certo. Nossos maiores sucessos foram os assassinatos de:

a) Um publicitário rico na rua Aurora. Ninguém nunca descobriu quem era o criminoso. Pode ter sido o sobrinho, pode ter sido um garoto de programa ou a irmã.

b) Uma herdeira de uma grande loja de departamentos, encontrada morta junto a alguns manequins da loja. Quem primeiro viu o corpo foi uma faxineira, de manhãzinha. Suspeitos? Os outros herdeiros — irmãs e primos — e um ex-namorado.

c) O campeão brasileiro de xadrez por correspondência. O

jogador mandava seu lance pelo correio pro adversário, que abria a carta e reproduzia em seu tabuleiro a jogada recebida, analisava e então, em uma semana no máximo, tinha que mandar sua resposta. E assim o campeonato transcorria. Às vezes demorava o ano inteiro pra chegarem ao xeque-mate. Enfim, o campeão brasileiro, que estava a uma rodada da conquista do bicampeonato, foi encontrado morto em seu apartamento em Moema, aparentemente vítima de infarto. Mas depois se descobriu que ele foi envenenado. Muitos adversários suspeitos.

Como no caso da rua Cuba, esses assassinatos ajudaram a vender muito jornal. Pra mim foram aulas de como investigar uma morte. A repercussão dos casos trouxe notoriedade a mim e a Kátia, e comecei a receber várias ofertas de trabalho. Minha editora duplicou meu salário pra que eu continuasse no jornal e nos deu mais liberdade de tempo, pra pensarmos em novas pautas.

Numa tarde, tomando um café, nós duas tivemos a ideia de fazer uma exposição sobre a morte. A Kátia fotografaria coisas mortas e eu escreveria sobre elas. Por exemplo:

Uma flor morta, uma fruta podre,
o cadáver de um pássaro sem asas,
uma cadeira quebrada jogada em alguma caçamba,
o lixo como a representação capitalista da morte,
o plástico, que é petróleo morto,
cartas de amor jogadas fora,
notas mortas de dinheiro,
e o que mais encontrássemos que pudesse ser uma história de morte.

Pela primeira vez eu olhava pra morte como uma experiência estética. E assim criamos a exposição *Extrema Pulsão*, realizada no Centro Cultural São Paulo. O vernissage aconteceu em 1994, véspera de Finados.

Mais conceitual impossível.

A gente conversou com uns três caras e umas cinco mulheres em chats de relacionamento. Pra cada pessoa a gente inventava um personagem diferente. Criamos pequenas histórias com taras, fantasias, desejos. E deu certo. Pra mim rolou muito.

Havia muita excitação em se passar por outra pessoa, em criar uma persona pra interagirmos um com o outro. Era como se o Antônio e eu usássemos as pessoas pra nos aproximarmos.

No sexo, nunca fomos tão felizes. Transávamos todos os dias. Na cama, em cima da máquina de lavar, como a tia Otília tinha feito com o primo do Sun, no chão da sala, no sofá, na mesa da cozinha, no banheiro, no quintal, apoiados numa pilha do último livro dele. Pela primeira vez achei que nós dois poderíamos dar certo. Pela primeira vez eu quis que desse certo. Por isso me decepcionei muito quando Antônio me trouxe uma bomba depois de uma longa e maravilhosa transa:

Preciso te contar uma coisa e não sei muito bem como falar.

É só falar, eu disse, dengosa.

Ele pegou uma mecha do meu cabelo e enrolou na mão. Ele adorava fazer isso.

Vou ser pai, Alice.

Primeiro eu ri, achando que era um personagem conversando comigo.

É sério, Alice, ele disse, olhando pro teto do quarto. Eu soube hoje. Vou ser pai. Mas ela não representa nada pra mim.

Como assim, Ela não representa nada pra mim?, eu repeti a fala dele. Quem é ela? Quem é a porra da mãe?, perguntei gritando, pra todos os vizinhos ouvirem.

É a Patrícia, ele falou tão baixo que eu precisei baixar o volume do meu coração pra ouvir.

Repete, pedi.

A Patrícia.

A psicóloga?

Ela mesma.

Mas os casos não eram apenas virtuais, Antônio?

Sim, menos esse. A gente se encontrou umas três vezes e aconteceu. Mas, repito, ela não significa nada pra mim.

Ah! Cala a boca.

Me desvencilhei dele, fui pro banheiro, abri o chuveiro e tomei o banho mais longo da minha vida. Quando finalmente saí, me enrolei na toalha e falei em alto e bom som:

Faça suas malas e vai embora.

22. Extrema Pulsão

A área dedicada à nossa exposição no Centro Cultural estava lotada. A cobertura do nosso evento ganhou um megaespaço na página de cultura do *Correio da Tarde*. Estavam lá todos os nossos colegas de redação. E também o pessoal do *Diário dos Jardins*: Luiz, meu ex-chefe, foi com a Sônia, sempre ao lado dele, fiel e silenciosa. Ele me pareceu deprimido, e estava fedendo a cigarro. Me abraçou e disse: Aqui está a minha pupila... Olhei pra ele com pena e carinho.

Mamãe e Falcon foram dos primeiros a chegar. Mamãe demonstrou saudades ao me beijar três vezes no rosto e não uma, como de costume. Falcon elogiou as imagens e os textos. Ouvi a mamãe dizendo pro marido: Ela sempre foi diferente, desde pequena. Bia e Sérgio chegaram mais tarde, e Bia me contou no ouvido: Estou grávida, peguei o resultado hoje, não quero que ninguém saiba ainda, você é a primeira, além do Sérgio, claro. Abracei minha irmã, radiante com a notícia.

Tomara que seja mulher, falei e depois me arrependi. Tanto faz, completei, eu vou mimar muito quem vier.

Você será madrinha. E André será o padrinho.

Fazia muito tempo que eu não ouvia o nome dele e naquele momento tudo me pareceu tão distante... Meu corpo se lembrou que uma vez existiu outro corpo dentro de mim que agora estava muito longe, que não me frequentava mais.

Sérgio, sempre elegante e reservado, me deu um beijo na testa e comentou: Você, hein? Parabéns.

Júnior do 10 demorou pra chegar, e só quando pus os olhos nele é que percebi como estava com saudades do meu amigo. Ele me contou que ia começar a dar aulas de astrologia. Ele continuou falando bastante, acho que no dia a dia acabava represando suas falas pessoais e, quando me encontrava, as palavras jorravam.

Como em toda festa em que a gente é a anfitriã, a noite passou voando, falei com muita gente, recebi parabéns mil vezes e entendi a droga boa que é o sucesso. Ser reconhecida, receber elogios, cumprimentos, olhares de admiração e inveja é viciante. Dá vontade de repetir. Depois que a noite de sucesso acaba, vem até uma síndrome de abstinência. Fiquei imaginando como é deixar o palco pra alguém acostumado ao palco. O *day after* da estreia.

Kátia estava feliz, muito feliz. Em vários momentos daquela noite prestei atenção nela. Estava linda com um vestido esvoaçante azul-marinho, frente única, salto alto e seu cabelo negro preso num rabo de cavalo bem levantado. Ciro, seu marido, também estava muito bonito. Aliás, eles formavam um casal impressionante, quase um clichê. Todo mundo que via os dois juntos falava: Nossa, como vocês combinam, como são lindos. E combinavam mesmo. Os dois eram livres, donos de si, conscientes de seus talentos, Ciro também era fotógrafo, além de vocalista de uma banda de rock gótico. Só se vestia de preto.

Gostei muito do resultado da exposição, tanto das fotos da Kátia como dos textos que escrevi. Acho que o Nando teria orgulho de mim. Quando eu pensava no que iria escrever sobre os objetos, lembrei muito de nós dois tendo ideias, esboçando roteiros, filmes.

Aqui vão alguns desses textos. São pra você, Nando.

Pato de plástico amarelo
Como as flores de plástico, um pato de plástico não morre jamais. Ou, se morre, demora pelo menos uns duzentos anos pra se decompor de vez, e mesmo depois desse tempo algumas partículas dele vão continuar existindo, seja no ar, seja no oceano. Esse pato foi encontrado na esquina da alameda Santos com a rua Peixoto Gomide, perto do Parque Trianon. Não sabemos se ele frequentou o parque ou se esteve flutuando em alguma banheira de um apartamento vizinho. Sabemos, contudo, de sua solidão.

O pato estava sozinho, sem nenhum outro brinquedo ou objeto de plástico a seu lado. É apenas um sobrevivente numa cidade de sobreviventes solitários.

Carta de amor
Horácio,

Até hoje não entendo por que você fez o que fez. Fomos tão felizes, ou eu pelo menos fui muito feliz nesses vinte e cinco anos ao seu lado. Eu pensava em comemorarmos com uma viagem ou uma festa, como meus pais fizeram: vinte e cinco anos são vinte e cinco invernos. Vinte e cinco anos não são vinte e cinco minutos. Não é um amor de verão. Quantas coisas passamos juntos? Como você pôde jogar tudo isso pela janela? Abaixo tem um texto que li não me lembro onde, mas reproduzo aqui, porque são questões que não saem da minha cabeça.

"O mais doloroso de um casamento que morre aos poucos é você não conseguir identificar onde está a ponta do novelo que levou ao fim. O afastamento é silencioso, a pulsação de uma relação é esse afasta-aproxima, afasta-aproxima, todo casamento longo imagino que seja assim. Por isso a gente não nota quando o afastamento não é um pulso, mas um trajeto."

Me diz, Horácio, onde começou o nosso trajeto do fim? Eu mereço ao menos uma resposta honesta.

Dirce.

Essa carta da Dirce pro Horácio foi encontrada, sem envelope, numa lixeira na rua Mateus Grou. O Horácio leu e não rasgou a carta. Por que não rasgou? Não rasgar é de certa forma permitir que a carta dure, que as palavras não morram picadas, como aparentemente, aliás, morreu a relação deles.

<u>Nota de 100 mil cruzeiros reais</u>
Essa nota nasceu na Casa da Moeda, não sabemos em que dia nem hora. Portanto não podemos lhe atribuir um signo astrológico nem um ascendente. Mas podemos dizer que ela teve vários donos, pois está muito usada. Provavelmente percorreu ônibus, metrôs, táxis e muitas mãos até acabar na carteira de alguém. Essa pessoa transformou seu valor em cervejas ou em ração pra seus cachorros. Cem mil cruzeiros reais não valem mais nada. Essa nota morreu no governo passado. Junto com Fernando Collor de Mello.

De lá do Centro Cultural, depois do vernissage, fomos pro Cais dançar: Kátia, Ciro, Júnior do 10, uns amigos do jornal e eu. E foi na pista nublada de gelo seco do Cais que eu vi o Antônio pela primeira vez.

Ele chegou na minha frente ondulando o corpo, ao som de "Psycho Killer". Ele balançava os braços, projetava a cabeça pra frente e pra trás. Eu ainda não sabia seu nome. *Que'st que c'est?* Que moço bonito, estrondosamente bonito. Ele olhou pra mim. Tinha olhos de disco voador. Entrei em transe. *Run run run run away.*

PARTE TRÊS

Vinte e tantas coisas sobre Alice em vinte anos

1. No show dos Rolling Stones no Pacaembu, em 1995, ela viu alguém que parecia o Klaus no meio do público. Naquela sexta-feira chovia o mundo. Ela não sabe dizer o que chamou sua atenção, mas, quando se deu conta, estava presa a esse homem como um ímã a um poste de alta tensão. Foi criada uma linha contínua e aparentemente inquebrantável de eletricidade entre os dois. Dois raios tatuados na chuva.

No instante em que Alice e o possível Klaus se conectaram, começou a tocar "Sympathy for the Devil". Era uma música que ela relacionava diretamente ao alemão, toda vez que ouvia lembrava dele.

Júnior do 10 estava com ela, mas não viu esse Klaus porque, no momento em que Alice se desligou brevemente daquela corrente magnética pra cutucar o amigo, o elo se desfez e o alemão desapareceu.

2. Os primeiros sinais de demência da mãe da Alice foram notados pela família no batizado do segundo filho da Bia. No meio do almoço a mãe perguntou três vezes:

Mas quem é esse menino lindo?

Ela se referia ao Jonas, o primogênito da Bia, afilhado da Alice.

Jonas falou:

A vovó está ficando gagá?

Odila sorriu um sorriso vago.

3. Alice e Antônio foram pra Nova York no final dos anos 1990, naquela nuvem passageira de um dólar valendo um real. Ela estava de férias e acompanhou Antônio, que tinha ido fazer um curso de escrita de romances policiais.

Em vários dias, enquanto ele estudava, Alice refez alguns trajetos da época em que morou lá. Andou pelas mesmas ruas, passou em frente a seu antigo apartamento, notou que tudo permanecia igual mesmo tendo mudado muito. Curiosamente Nova York era outra, mas também era a mesma.

Uma *doppelgänger* de si mesma, Alice escreveu em seu diário.

Foi ao brechó da Dolly matar as saudades e soube que a amiga havia se mudado pra Cracóvia; a nova dona da loja também era polonesa. Alice se apresentou, trocaram algumas palavras, ela comprou uma echarpe e foi embora.

Numa tarde em que fazia mais de quarenta graus, ela foi à loja chique de departamentos onde a Marina trabalhou. Comprou um perfume muito fresco com uma vendedora venezuelana e ficou ali um bom tempo sentindo o cheiro enjoado da seção. Ficou olhando as clientes, pra ver se via entre elas a moça que sempre se maquiava e se perfumava na loja. Não viu.

Depois foi andando até Chinatown, ao café onde frequentava na época do Klaus, eram mais de quarenta quadras de distância, o que ela achou ótimo, afinal concordava com quem disse que só caminhando se conhece — ou reconhece — um lugar. Dali pegou o metrô e desceu no MoMA. Foi ver Pollock, sentou em frente à grande tela *Number 31* e ali ficou imersa por pelo menos uma hora.

Quando saiu de lá, sentiu o olhar de Klaus cravado em seu corpo; nenhum homem tinha olhado pra ela daquela maneira, nem Antônio nem André.

4. Alice foi visitar o Dakota. Na frente da fachada principal, do outro lado da rua, estendeu uma canga no chão, se sentou e ficou olhando fascinada pro edifício, deixando que sua atmosfera a penetrasse por inteiro, como uma música, como uma pintura. Anotou suas impressões num caderno sob o título "Dakota Blues". Ela se lembrou do André e da música que ele compôs. Alice nunca chegou a ouvir, porque ele nunca chegou a mandar a fita cassete pra ela.

5. Alice procurou Marina nos dias em que esteve em Manhattan. Ela tinha se casado com um advogado americano e era mãe de três filhos, todos da cor dela, meio rosa, meio laranja. Foi um café rápido, que as duas não viam a hora de acabar.

6. De João não teve notícias.

7. Apesar do sucesso da exposição *Extrema Pulsão*, Alice foi demitida do *Correio da Tarde*. Por mais estranho que isso possa parecer. O fato é que algum chefão obtuso ficou com dor de cotovelo depois de dar em cima de Alice e ela não ter dado a me-

nor bola pra ele; então ele se vingou usando o poder extraordinário de sua caneta pra mandar Alice e também a Kátia embora. Ao mesmo tempo, registrou *Extrema Pulsão* em seu nome. Assim, elas não poderiam mais levar a exposição a outros lugares, muito menos com esse nome. "It's a man's man's world." Ela se lembrou na hora da canção de James Brown.

8. Alice foi trabalhar como freelancer numa editora especializada em livros de família, que só publicava obras por encomenda, com tiragem pequena, design apurado e muitas fotos. Seu trabalho consistia em entrevistar pessoas de uma família, ler documentos relacionados com a sua história, ver álbuns de fotografias, visitar casas e apartamentos, pesquisar em caixas de guardados, enfim, quase um trabalho de detetive pra enriquecer a história da família retratada e trazer pro texto minúcias de todos os personagens. De certa forma, ela continuava a escrever obituários.

9. Quando veio ao Brasil batizar o sobrinho Jonas, André convidou Alice pra sair e ela recusou. Ele não insistiu. Alice achou a pele do rosto de André frouxa, como se uma moleza precoce estivesse tomando conta dele e essa moleza ocorresse de dentro pra fora. Ela ficou aliviada de ter achado o André flácido. O André não era mais o amor da Alice.

10. Uma noite, Antônio perguntou pra Alice se eles iam ter um filho. Diante da negativa dela, ele não insistiu.

11. André permaneceu casado com a Dalva e com ela teve quatro filhos, todos norte-americanos. A família continuou morando nos Estados Unidos e só vinha ao Brasil uma vez por ano, quando Alice os encontrava, comentava: Nossa! como seus filhos estão grandes. O André e a Dalva sorriam meios-sorrisos.

12. A mãe da Alice começou a depender de cuidados especializados 24 horas por dia depois que Falcon morreu de um ataque fulminante do coração numa tarde gelada de domingo. Assim que soube da morte de seu companheiro, Odila entrou de vez num mundo nebuloso. Num fim de semana, Alice pegou os brincos de coração de brilhantes que havia tirado da orelha morta de sua tia Otília e os levou pra mãe. Depois de colocar os brincos nos lóbulos amolecidos, ela sussurrou:

"Mamãe, eles eram da vovó Teresa e da tia Otília, agora são seus."

Ela não teve certeza, mas achou que a mãe deu um leve sorriso.

13. O segundo filho de Bia se chamou Bernardo. O terceiro, Damião. E assim se fechou a descendência da família. Alice não viu os sobrinhos crescerem, pois Bia, Sérgio e os três filhos se mudaram pra Itália, pra uma cidade chamada Ascoli Piceno. Sérgio foi trabalhar num estúdio musical.

Bia, você se tornou uma *mamma* italiana, quem diria?, foi o que Alice disse pra irmã num telefonema na véspera de um Natal.

14. Alice teve um único caso extraconjugal durante seu casamento com Antônio, foi com um jornalista, Luciano, que trabalhava com ela. Eles se encontraram numa exposição e se pegaram no banheiro feito felinos no cio. De lá foram pra um bar, beberam muito e depois foram pra um hotel meio pardieiro que havia em Pinheiros. Transaram, Alice capotou e, quando acordou, o cara tinha ido embora e deixado a conta do quarto pra ela pagar. Ela chegou em casa quase de manhã, Antônio tinha ido viajar pra um evento literário. No dia seguinte ela se sentiu meio péssima, meio ótima. À noite ligou pro amante de uma noite só e cobrou metade do valor do quarto. Ele nunca pagou.

15. Alice passou anos sem falar com Marcelo, seu irmão. Ele se casou com Amèlie, uma milionária francesa que, tudo indicava, não queria aproximação com a família do marido. Alice só falou com Marcelo por telefone quando a mãe morreu. Marcelo disse que não poderia ir ao enterro, mas mandou uma coroa de flores com o nome dele, da mulher e das duas enteadas. Alice não acreditou que seu irmão tivesse sido comunista um dia.

16. A mãe de Alice morreu por complicações do Alzheimer no dia 11 de setembro de 2001, o dia da queda das Torres Gêmeas em Nova York. Ela tinha setenta e um anos, nova pros parâmetros da demência. Bia chegou da Itália dois dias antes e em menos de uma semana voltou, deixando Alice sozinha com as questões burocráticas e os sentimentos pós-morte.

17. No ano seguinte, o Brasil elegeu Luiz Inácio Lula da Silva com cinquenta e três milhões de votos válidos. Alice foi na Paulista comemorar e nunca se sentiu tão feliz por seu país como naquele dia. Nem antes — nem mesmo na passeata das Diretas Já — nem depois. Ela chegou chorando e foi embora chorando. Quando voltava pra casa com Antônio, pensou ter visto Klaus encostado na banca de jornal em frente ao Conjunto Nacional, acompanhado de uma mulher linda.
Quando olhou de novo, não viu mais o casal.

18. Kátia morreu num acidente terrível na Tailândia. Ela estava numa canoa com um nativo, seu marido em outra canoa com outro nativo. A embarcação dela seguia na frente, quando de repente um crocodilo gigantesco saiu da água e abocanhou a fotógrafa, que caiu no rio e desapareceu. Ciro, o marido, assistiu a tudo da outra canoa, sem poder fazer nada. Alice escreveu pra amiga o mais lindo obituário de sua vida.

19. Quando Antônio saiu de casa, Alice se sentiu muito, mas muito triste. Em seguida, com muita, mas muita raiva. Depois de uns dias se sentiu muito, mas muito aliviada. Mas logo veio um vazio que fez eco. Aí ela adotou uma cachorrinha, que chamou de Nina.

20. Júnior do 10 continuou o melhor amigo de Alice. Ele nunca se casou, mas também nunca deixou de namorar a Morgana, num relacionamento livre, de muitas idas e vindas. Alice e Júnior do 10 se falavam quase todos os dias; ele se tornou um astrólogo famoso, pra fazer um mapa com ele havia fila de espera de um ano. Ele nunca fez oficialmente o mapa de Alice, mas todos os anos, perto do aniversário dela, mandava uma leitura gravada com os prognósticos do ano. Na última leitura, afirmou que ela ia encontrar um amor.

21. Alice foi a Berlim em 2008. Prestou atenção nos buracos das balas e das bombas que a Segunda Guerra havia deixado nos edifícios. Prestou atenção também nos inúmeros parques, vivos e imensos do lado ocidental da cidade e nas árvores miúdas do lado oriental, que provavelmente só foram plantadas depois da queda do muro, em 1989.
"Duas Berlins com um muro eterno entre elas", Alice escreveu no seu diário. Depois achou a frase bem cafona.

22. Em Berlim pensou ter visto um Klaus em cada esquina. Ou torceu por isso.

23. Antônio teve uma filha linda, de cabelo cacheado, que ele batizou de Alice. Ela nunca entendeu como a mãe, Patrícia, permitiu que o companheiro desse o nome da ex-mulher à filha

deles. E o mais incrível: a pequena Alice era a cara da grande Alice. Podiam ser mãe e filha.

24. Alice se tornou sócia da editora que fazia os livros de família e continuou morando na casa de vila onde viveu todo o seu casamento com Antônio. Teve um namoro aqui, outro ali, nada a sério.

25. Num dia normal de trabalho, Alice estava terminando um texto no computador quando recebeu uma mensagem via Facebook:

> *Oi, mulher maravilhosa, sempre penso em você. Você é muito presente na minha vida. Como está? Ainda no Brasil? Mande notícias.*
> *K.*

A mensagem estava escrita em português e o perfil de quem havia mandado não tinha foto, só uma ilustração com o rosto de uma raposa.

PARTE QUATRO

A primeira leitora

Eu estava em casa quando a caixa chegou com meu nome. Vinha de Berlim. Remetente: Luiza Bottolini. Abri o envelope que havia dentro dela e vi o que parecia ser o original de um livro, folhas impressas em papel A4, encadernadas. Dentro do envelope, encontrei ainda uma carta e um documento. Li primeiro a carta.

Alice,
Deste meu livro eu quero que você seja a primeira leitora, e você vai entender por quê. Nesses anos todos eu procurei te mimetizar, pegar suas expressões, trejeitos, escrever do jeito que você fala. Os romances policiais foram uma pista falsa pra o que eu queria escrever de verdade: a sua história.
Ela sempre me fascinou, porque é uma história comum, como a maioria das histórias, mas também é especial pra mim, por ser sua. Eu copiei tudo. Você foi minha matriz. E foi a mulher que eu mais amei, talvez a única, por isso meu ato extremo. Pra você nunca mais se esquecer de mim.

Te dou a minha vida,
Antônio.

O documento era uma certidão de óbito, escrita em alemão e traduzida pra português pela remetente Luiza Bottolini. Antônio Soares tinha morrido em decorrência de uma overdose medicamentosa no dia 16 de agosto de 2015.

Fiquei olhando pra aqueles papéis, achei que podiam ser falsos, pareciam falsos, tinham um cheiro fake. Havia alguma coisa estranha naquela história. O que significava tudo aquilo afinal? Dobrei a certidão de óbito e coloquei em cima da mesa ao lado do original do livro e da carta. Será que a morte de Antônio era verdadeira? Ou uma grande farsa? Como ninguém tinha me avisado? Afinal, no papel eu ainda era mulher dele. Nunca tínhamos nos divorciado, mesmo depois de todos aqueles anos.

Talvez seja um truque do Antônio pra usar num próximo livro, falei alto.

Mas e se ele morreu mesmo? Sou viúva!

Fiquei sabendo que ele havia desaparecido fazia uns dois anos. Tinha ido pra uma feira internacional de livros na Europa e nunca mais voltou. Nos primeiros dias mandou uma mensagem pra Patrícia, sua mulher: "Não me espere, não volto mais. Cuida da Alice, não vai faltar dinheiro pra ela".

E todos os meses entrava na conta da mãe um bom valor pras despesas da menina. Quem me contou foi a própria Patrícia, que de vez em quando me procurava. Acabei descobrindo que o Antônio tinha ido pra terra do Klaus.

Berlim. E lá se matou?

Será?

Abri o armário de bebidas, peguei uma tequila que guardava pra ocasiões especiais, coloquei uma dose generosa num copo americano e virei. Cowboy.

Brindei a ele.

Se for mentira, eu te mato, Antônio.

A tequila desceu quente.

Fiz uma careta enquanto o álcool percorria seu caminho dentro de mim. Então me levantei e pus água pra ferver. Coloquei um pouco de pó no coador, despejei a água fervente dentro dele, armei a rede no quintalzinho, estava uma tarde supergostosa, peguei o original que Antônio havia me mandado, derramei o café coado numa xícara e me deitei pra ler.

Comecei pelo título, *Dakota Blues*.

Agradeço de todo coração:
A Agatha Christie, Natalia Ginzburg, Lygia Fagundes Telles, Clarice Lispector, Ana Cristina Cesar, Jonathan Franzen, Paul Auster, Caio Fernando Abreu, Carola Saavedra, Virginia Woolf, Alejandro Zambra, Marcelino Freire, Marcelo Macca, Moréias, Giovana Madalosso, Ana Paula Hisayama; às minhas agentes Lucia Riff, Julia Wähmann, Eugênia Ribas-Vieira; e, especialmente, à Stéphanie Roque e ao pessoal da Companhia das Letras.
Muito obrigada por ajudarem este livro a ser quem ele é.
Agradeço também às minhas famílias, a de sangue e a de estrada.

ESTA OBRA FOI COMPOSTA PELO ESTÚDIO O.L.M./ FLAVIO PERALTA EM ELECTRA E IMPRESSA EM OFSETE PELA GRÁFICA PAYM SOBRE PAPEL PÓLEN NATURAL DA SUZANO S.A. PARA A EDITORA SCHWARCZ EM FEVEREIRO DE 2025

A marca FSC® é a garantia de que a madeira utilizada na fabricação do papel deste livro provém de florestas que foram gerenciadas de maneira ambientalmente correta, socialmente justa e economicamente viável, além de outras fontes de origem controlada.